KB261043

분니발트 뮐러

나비의 웃음소리가 들리시나요?

나비의 웃음소리가 들리시나요?

자신의 근원을 발견하십시오

이가서
Leegaseo publishing

차례

나비 웃음소리를 듣는 사람은
구름의 맛을 알 수 있습니다.
그는 달빛 속에서 호수와 같이 잔잔한 마음으로
밤을 만날 것입니다.
자기 자신과 갈등 없이 산 사람은
죽음 또한 평화로울 것이며,
죽어서도 살아 있는 어떤 사람보다
더 오래 살아 있을 것입니다.[1]

하느님에게로, 그분의 가장 내밀한 곳으로
가는 사람은 우선
자신의 밑바닥으로,
자신의 내면으로
깊게 내려가야 합니다.

자기 자신을 깨닫지 못하는 사람은
정녕 하느님을 보지 못할 것입니다.[2]

마이스터 에크하르트

피에르 슈투츠Fur Pierre Stutz를 위하여

누구나 살다 보면 인간으로서 자신의 한계를 느끼는 시기가 분명히 있습니다. 어떻게 해야 할지 도무지 알 수 없는 그런 시기가 있게 마련입니다. 그렇게 되면 한발도 내딛지 못하고 그 자리에 그대로 서서 제자리를 서성거릴 수밖에 없습니다. 내가 할 수 있는 일은 아무것도 없고, 무작정 앞으로 나가는 것이 최선이 아님을 문득 깨닫게 될 때에 비로소 그런 상태를 벗어날 수 있습니다. 그때 중요한 것은 존재의 심연으로 내려가는 것입니다. 자신 내면의 깊은 곳, 심연으로 내려가야만 합니다. 그러나 내면으로 내려간다는 것은, 심연으로 길을 떠난다는 것은 대체 어떤 의미일까요?

이 책에 언급된 경험들은 내가 살면서 겪었던 그 어떤 경험과도 비교할 수 없는 것들입니다. 나는 바람에 흔들리는 촛불과 같이 다급한 위기를 맞았을 때가 있었습니다. 바로 그때 나는 "심연으로 내려가라."는 말에서 기막힌 해답을 발견했습니다. 내 안에서 지금까지 나를 지탱했던 것이 산산이 부서졌고, 파괴되었으며 무너져 버렸습니다. 새로운

의미, 무엇보다도 새로운 지지대를 찾기 위해 나는 내 존재
의 깊은 곳으로 밀고 들어갔습니다. 아마도 내 영혼의 근원
을 만나는 인생의 첫 순간이었을 것입니다. 그 길은 때때로
견딜 수 없을 만큼 힘들었지만 그 길을 가면서 나는 이루 말
할 수 없이 아름다운 경험을 했습니다. 온몸과 마음을 휘감
아 기분 좋은 영혼이 치유되는 그런 경험이었습니다.

　나의 위기는 특히 영성적이고, 종교적인 것이었습니다.
내가 마지막까지 믿고 의지할 수 있다고 믿은 그분과의 연
결 고리를 잃었고, 더 이상 그분의 강인한 손길을 느낄 수
없었습니다. 나보다 더 큰 존재이신 그분 안에 내가 있음도
느낄 수 없었습니다. 나 자신과 내가 믿었던 사람들에 대한
실망 때문이었습니다. 나의 세계상은 붕괴되었고, 인간에
대한 신뢰는 무너졌습니다. 하지만 이런 것들은 단지 외적
인 이유에 불과했습니다. 누구나 살아가면서 한 번쯤 이런
순간을 맞습니다. 나에게도 단순히 그런 시기가 온 것뿐이
었습니다. 그것은 더 깊이 보는 법을 배우도록 나를 이끌어
준 시간이었고, 누구나 겪는 인생의 한 시기였습니다. 인간
에 대한 실망과 자신의 한계를 체험하면서, 절망에 빠진 사

람들은 그런 순간을 지나오면서 어떤 인간관계보다 더 깊게 자리 잡고 있는 자신의 심연을 발견할 수 있습니다. 그것은 영원 속에, 하느님 안에 자리 잡고 있는 깊고 깊은 심연을 말합니다.

칼 구스타프 융은 이런 경험을 다음과 같이 말하고 있습니다. "인생에서 우리가 무한한 존재에 연결되어 있다는 사실을 이해하고 느낄 때, 우리의 소원과 생각은 변한다. 본질적인 것이 결여된 인생은 가치가 없다. 본질적인 것이 없는 인생은 헛된 것이다."[3]

나의 상식으로는 그런 경험을 전혀 해 보지 못한 사람이 있다는 것이 믿기지 않았습니다. 심리 치료사이자 사제인 나의 경험상으로는 누구나 인생의 일정한 시기에, 특히 중년기에 그런 경험을 필연적으로 하게 됩니다. 그런 경험을 통해 인생의 황혼기와 말년을 의미 있게 보낼 수 있습니다. 전혀 앞이 보이지 않는 막막한 때는 물론, 절망에 빠져 있을 때조차 나는 이 사실을 잊지 않고 있었습니다. 그리고 바로 이 사실을 알고 있었기에 심연으로 가는 길을 끝까지 포기하지 않고 갈 수 있었습니다.

사랑하는 독자 여러분 이제 나는 내 경험을 일기로 쓰려고 합니다. 여러분도 함께 해 주십시오. 그러나 이 책에 나의 모든 경험을 적지는 않았습니다. 오직 나만이 간직하고 싶은 경험이 있는가 하면 단지 절친한 지인들과 나누고 싶은 경험도 있으니까요. 하지만 일기에 적은 내용들은 내가 책임지고 싶은 나의 중요한 경험들입니다.

나는 이 일기를 집에서 처음 쓰기 시작했지만, 대부분은 침묵의 집에서 3주간 체류하는 동안 적은 것입니다. 그곳에서 나는 정신적인 동반자와 함께 했고, 아침, 점심, 저녁 명상을 했으며, 주변의 숲을 자주 산책했고, 저녁에는 이 집의 다른 손님들 혹은 동료들과 함께 식사를 하며 대화를 나누었습니다.

심연으로 내려가는 경험은 일정한 단계를 거쳐 이루어집니다. 심연으로 깊이 내려간 듯한데, 바로 다음 순간 심연 근처에도 가지 못했다고 느끼는 그런 과정을 거듭 겪는 것이 중요합니다. "이제 됐어. 내가 해냈어."라고 생각하지만, 다음날 어제의 억눌린 감정이 다시 살아나고는 합니다. 그리고 설령 심연으로 내려갔다 해도 다시 위기를 맞을 가능

성과 흔들릴 가능성은 있습니다. 하지만 그런 반복된 경험을 통해 당신은 "해냈어. 무슨 일인가가 일어났어. 내 안에서 무엇인가 변화 되었어."라는 느낌을 점점 강하게 가질 수 있습니다. 여러분들은 내가 영혼의 밑바닥으로 내려가는 과정에서 이런 단계를 수없이 반복하고 '갈팡질팡' 하는 모습을 나의 일기에서 그대로 읽을 수 있을 것입니다.

책 속에는 나의 일기와 독자 여러분들에게 드리는 말을 적었습니다. 심연으로 가는 과정에서 무슨 일이 일어나는지 독자 여러분들에게 직접 설명하는 글입니다. 때로는 나와 비슷한 경험을 한 사람들의 진술도 종종 나옵니다. 독자 여러분은 나의 일기와 설명을 하나로 보고, 두 면을 동시에 읽기 바랍니다. 물론 설명의 글이나 일기는 그 자체로 하나의 완결된 글이기에 따로따로 읽을 수도 있습니다.

나는 비슷한 상황에 처해 있거나 처했던 분들에게 용기를 주고 싶습니다. 그래서 여러분들이 근원으로 내려가면서 자신의 심연을 다시 만나도록 하고 싶습니다. 나는 여러분의 감각을 좀 더 예민하게 만들어, 여러분들이 이런 과정을 받아들일 순간과 다른 깊은 차원으로 가기 위해 지금까지 삶의 길을 잠시 멈추어야 할 시간이 언제인지를 깨닫게 하고 싶습니다. 이 시간은 큰 도전이며 좋은 기회입니다. 방향을 바꿀 기회이자 뿌리째 변화할 수 있는 시간입니다. 인생에서 삶의 전환점이 될 뿌리까지 변하는 근본적인 변화의 시간입니다. 여러분들이 지금까지 인정하지 않았던 것까지도 이제 인정할 것입니다. 특히 자신의 그림자, 자신의 어둡고 그늘진 면을 인정할 것입니다. 자신이 지금까지 억압했거나 신경 쓰지 않았던 것을 받아들이는 그런 변화를 말합니다. 과거와 이별하고 깊은 곳으로 내려가는 변화의 시간입니다. 이렇게 새로운 꽃망울이 터지고 꽃을 활짝 피우게 될 것입니다.

분니발트 뮐러

1장 근원으로 내려가십시오

하느님은 인간의 내면, 인간의 내면의 깊은 곳을
안식처로 택하셨습니다.
그분은 그곳에서 기쁨을 찾으셨습니다.
내면에서부터, 내면의 깊은 곳을 인식하고
모든 것을 그만두고
심연으로 돌아가는 그런 사람이
단 한 명이라도 있다면 좋을 텐데!
그러나 그런 사람은 없습니다.
외적인 활동에 치중하는 사람들은 내면으로 돌아가라는
경고를 열 번은 들을 것입니다.
그런 일은 빈번하게 일어납니다.
하지만 사람들은 그렇게 하지 않습니다.[4]

요한네스 타울러

내면으로 길을 떠나십시오 

살다 보면 자기 자신의 가장 깊은 내면으로 내려가야 할 때가 있습니다. 그곳에서 우리는 피상적인 것을 분명히 깨닫고 극복하게 됩니다. '무' 와 '비어 있음' 과 '끝을 알 수 없는 심연' 을 경험하면서 마침내 자신을 지탱할 수 있는 새로운 근거, 새로운 존재의 근거를 찾아낼 수 있습니다.

신학자 떼이야르 드 샤르뎅은 내면으로 내려가는 길과 관련하여 인상적인 글을 썼습니다.

이렇게 나는 생전 처음 램프를 들었던 듯합니다. 그리고 나는 그늘이라고는 없어 보이는 일상적인 일과 일상적인 관계를 떠나 나 자신의 가장 깊은 내면, 깊은 심연으로 내려갔습니다. 그리고 내 행동의 힘이 샘솟는 원천이 그곳에 있음을 알고 혼란스러웠습니다. 하지만 우리의 삶을 단지 피상적으로 밝혀 주는 기존의 이치에서 멀어질수록 나는 나 자신으로부터 점점 자유로워지고 있음을 깨달았습니다. 한 계단씩 내려갈 때마다 다른 형상이 나타났습니다. 나는 그것이 무엇인지 정확하게 말할 수 없었습니다. 그것은 내 말에 더 이상 귀를 기울이지 않았습니다. 더 나갈 길이 없어 그 자리에 그대로 멈춰 섰을 때 나는 내 발치에서 심연을 보았습니다. 내가 감히 나의 인생이라고 부르면서도 그 원류가 어디인지 알지 못했던 강물이 바로 그곳에서 흘러나오고 있었습니다.[5]

4월 2일

나는 베란다에 앉아 있어. 봄날 저녁의 온화한 기운이 나를 감싸고 있어. 나비 웃음소리가 정말 듣고 싶어. 지금 이 순간 이보다 더 애타는 소망이 있을까. 진정 나비의 웃음소리를 듣고 싶어. 나비들의 부드러운 날갯짓을 따라가고 싶고, 나비의 세계로 빠져 들고 싶어. 나비들을 따라갈 수 있으면 좋으련만… 나비들의 가느다란 떨림을 느낄 수 있었으면 해.

그러면 나는 평화와 자유를 느끼고, 가벼워진 내 존재를 만 끽할 수 있을 것이고, 단순하게 사는 진정한 삶에 도달할 수 있을 테니까.

알겠지. 내가 얼마나 너희 나비들의 웃음소리를 들을 준비를 하고 있는지. 너희들의 웃음소리를 들을 수 있을 때까지 귀를 쫑긋 세우고 있을 거야. 그렇다고 너희들의 웃음소리를 억지로 들으려고 하지는 않을 거야. 어쨌든 나는 모든 준비를 마쳤고, 언젠가는 나비들의 웃음소리를 들을 수 있음을 추호도 의심하지 않아. 그 순간이 언제일지 모르지만 분명 그때가 올 거야. 나는 확신해. 그 순간은 무슨 일이 있어도 올 거야.

나비들이 오는지 살피려고 길을 나섰어. 아직 나비가 한 마리도 눈에 띄지 않는 것을 보니 여전히 날이 추운 모양이야. 하지만 곧 날이 풀리고 나비들이 나풀나풀 날갯짓을 하며 세상에 나올 것이고, 세상천지를 날아다닐 거야. 지금은 아직 참고 기다리는 연습을 해야 할 때야. 나는 기다릴 수 있어. 나비들의 웃음소리를 미치도록 그리는 마음으로 나비들을 기다려. 이런 갈망이 나를 내적으로 깨어 있게 하지.

이렇게 때가 되면 나는 너희들을 볼 수 있을 것이고, 너희들의 웃음소리에 귀를 기울일 수 있을 거야.

당신 안의 심층, 근원에 대한 믿음 

생명이 있는 존재인 우리는 '안에서부터 밖으로 밖에서부
터 안으로 만들어져 있다. 표면과 심층이 있다. 내면과 심층
그리고 내면으로 가는 층이 있다. 그것은 중요하다. … 내면
의 공간, 내면의 영역이 있다. 나는 이곳에 들어가서 대상에
집중한다. 그곳에서 나는 오로지 나 자신과 살고 있다. 그곳
은 삶의 결정들이 내려지는 곳이다. 나는 그곳에서 하느님
과 함께 하면서 그분과 마주하며 그분의 얼굴을 대하고 있
다. … 이런 공간은 있다. 그곳은 더 넓어지고, 더 깊어지고,
더 활기를 띠어야 하고 더 확실해져야 한다.'

로마노 구아르디니

구아르디니는 심층을 내면으로 내려가는 층으로 이해합니다. 그리고 "이 층은 안으로 깊이 들어가면 갈수록 더욱 값지고, 더 독자적이고, 더 부드럽고, 더 활기를 띤다."[6]

내가 말한 심연이 바로 이 심층을 의미하는 데 빅토르 폰 겝자텔의 말을 빌면 '영원한 존재의 근거'라고 할 수 있습니다. '모든 내적인 분열상태, 모든 신경증적인 고착현상, 권력의지와 영향력의 환상, 모든 자기 구속, 믿을 수 없는 모든 세상살이, 그리고 마지막으로 모든 과학 이론의 뒤에서 우리 모두를 기다리고 있는' 심연을 말합니다.[7]

4월 3일

나비야 안녕! 태양이 반짝이고 있는데도 나는 너를 볼 수가 없구나. 너를 보기 위해 일부러 이른 아침부터 나와 있는데… 개나리와 관상용 자두나무 꽃은 어느새 활짝 폈어. 수선화도 내게 빛나는 환한 미소를 짓고 있어.

나비야, 너 어디 있니? 솔직히 말해 나는 네가 부럽다. 내가 나비라면 얼마나 좋을까? 나는 출근해야 하고, 돈을 벌어야 하고, 아주 많은 일들을 생각하고 처리해야 해. 의무와 규칙과 법의 시스템에 꽁꽁 매여 있지. 그냥 모든 것을 훌훌 털고 도망치고 싶어. 그러면 자유로울 텐데. 물론 이런 일들은 여러 가지 면에서 중요하지. 하지만 나를 답답하게 하고, 억누르고 구속하기도 해.

너처럼 그렇게 자유롭고 싶어. 태양 아래 앉아 있다가 이 꽃 저 꽃으로 날아다닐 수 있는 너. 이런 생각을 할 때면 그런 욕망은 점점 커져. 나비 너처럼 있는 그대로 존재하지 못하도록 하는 올가미, 나를 옥죄는 올가미를 더욱 분명하게 느껴. 그건 존재 그 자체로 사는 것을 방해하는 올가미야. 그냥 앉아 있는 꼴을 보지 못하고, 태양의 입맞춤을 받지 못하도록 방해하지. 있는 그대로 존재하지 못하도록 막는 올가미야.

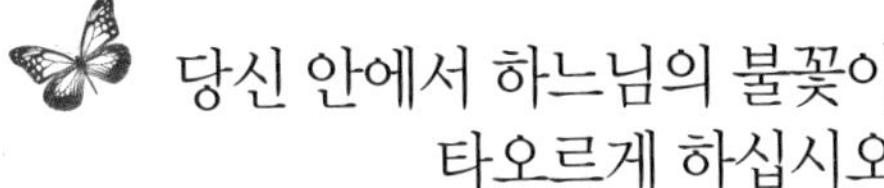

당신 안에서 하느님의 불꽃이 타오르게 하십시오

파울 틸리히는 "하느님은 깊은 곳에 있다."고 말합니다. 이렇게 그는 하느님을 영혼의 심층에서 발견할 수 있다고 믿는 신비주의자들의 전통을 이어받고 있습니다. 우리는 하느님의 일에 참여하고 있으면서도 항상 하느님과 하느님의 중심에서 멀어지는 위험을 감수합니다. 물론 독립적인 사람이 되기 위해서 필연적으로 자아를 형성하고 발전시켜야 합니다. 하지만 그렇게 하면서 우리는 자신의 가장 깊은 내면, 즉 하느님으로부터 멀어질 수 있습니다. 갈수록 외적인 것, 말하자면 성공, 업적, 재산 등을 추구하면서 소유욕이 강해집니다.

이렇게 우리는 하느님의 중심으로부터 완전히 멀어진 듯이 보입니다. 하지만 신비주의자 에크하르트는 하느님의 불꽃으로 타고 있는 영혼의 작은 불씨는 우리 안에 그대로 보존되어 있다고 말합니다. 이 영혼의 작은 불꽃은 우리를 우리 안에 있는 하느님의 중심과 다시 만나도록 하고, 하느님이 낯설어지지 않도록 막아줌으로써 생명을 얻습니다. 흔히 우리는 하느님의 불꽃이 우리 안에서 이런 작용을 하고 있음을 지나치거나 간과합니다. 무엇인가 결핍되어 있고 그토록 바라던 내면의 평화가 없음을 느끼면서도 우리는 더 크게 성공하고, 더 인정받고, 더 부자가 됨으로써 조화로운 삶을 살 수 있다고 믿습니다. 그러나 이런 식으로는 우리의 갈망을 채울 수도, 경험할 수도 없음을 알아야 합니다.

4월 3일

지금 나는 한 마리 새가 재잘대는 소리를 듣고 있단다. 나비야, 언제 너의 모습을 보여 줄거니? 널 처음 만나면 어떨까 벌써 마음이 설레.

너를 생각하고 있는 동안은 나를 힘들게 하는 걱정과 불안을 잊어버려. 내 눈앞에서 너를 보면서 너에 대한 생각과 갈망에 완전히 사로잡히면 나는 너 이외의 모든 것을 잊어버리고 말지. 나도 너와 더불어 이 꽃에서 저 꽃으로 훨훨 날아다닐 수 있을 정도로 가벼워진 듯해.

새의 노래에 다시 귀를 기울이고 있어. 새소리가 내 안에 재잘재잘 여운을 남기고 있어. 나를 집중시키고 흥분시켰던 일들은 잊어버렸어. 그런 일들이 새의 노래에 비교하면 대체 무슨 의미가 있겠어.

지금 바로 이 순간, 나는 가만히 앉아 있는 게 너무 좋아. 그냥 있는 것. 이 순간을 사는 것. 인생은 순간으로 완성되는 거니까. 나중 혹은 내일이 아니라 바로 지금을 사는 것이 인생이야. 곧 나는 친구들과 함께 있을 것이고, 이야기를 나눌 거야. 내 마음 속에서 새가 계속 노래를 부르고 있어. 지금쯤 새는 어딘 가에서 분명히 잠을 청하고 있겠지.

당신을 자신의 영혼에 맡기십시오 

자아와 영혼이 하나가 될 때, 당신은 지금까지와는 완전히 다른 모습으로 태어날 것입니다. 이제 당신은 자아가 맴돌고 있는 작은 세계를 포기하고, 무한한 영혼의 세계에 자신을 맡깁니다. 당신의 자아는 영혼으로 걸어 들어가면서 소멸하고, 새로운 사람으로 탄생합니다. 이제 당신은 인생을 다른 눈으로 바라볼 것이며, 무엇이 중요하고 가치 있는 지에 대한 평가기준도 바뀔 것입니다. 그리고 당신이 소중하게 여기고 가꾸고 싶은 것이 새롭게 생길 것입니다.

그러나 이런 새로운 탄생은 죽음 없이는 이루어질 수 없습니다. 정말 끔찍하고 몹시 고통스러운 체험입니다. 거듭나기 위해 당신은 죽음을 맛보고, 죽음의 문을 들여다봅니다. 죽음은 그 어느 때보다 당신 곁에 가까이 와 있습니다. 당신의 자아는 영혼과 하나가 되기를 거부하며 수없이 저항하고 싸움을 합니다. 그리고 나서야 영혼에게 자신을 완전히 내맡깁니다. 당신의 자아는 나무처럼 몸을 곧추세우고 결코 포기하려 하지 않습니다. 하지만 결국에는 두 손을 들고 자신의 한계를 인정합니다. 슬픔과 체념과 죽음의 기운, 그리고 때로는 죽음을 향한 갈망까지도 당신 안에 자리 잡고 있습니다.

4월 4일

새들이 노래하는 아침이야. 나는 새들보다 일찍 일어나 지난밤 꿈에 대해 생각하고 있어. 이렇게 나는 '다른' 세계와 소통하고 있어. 하지만 그 세계는 본질적으로 나의 일부이지. 정말 놓치고 싶지 않았던 무의식의 세계야.

나는 자작나무 앞에 서서 잠시 그대로 꼼짝하지 않고 있어. 나는 완벽하게 지금, 여기 있어. 그리고 처음으로 나비 웃음소리를 들었어. 정말 찰나였어. 내가 나비들을 전혀 보지 못했는데도 말이야. 나는 내 안에서 깊은 평화를 느끼고 있어.

　나비들의 웃음소리는 곧 다시 잦아들었지만, 나비 웃음소리가 여전히 그리워. 아니 그리움은 더 강렬해 졌어.

2장 어두운 밤이 시작됩니다

때가 되면 개인적인 사랑이,
자아가 산산이 깨져야 합니다.
아주 자연스러운 일과
이 세상에서 가장 좋은 일인 듯한 것을
때때로 포기해야 한다는 것은
엄청난 아픔이고 기가 막힌 역설입니다.
이제 어둠과 침묵, 공허만이 남아 있습니다.
그런데 그곳에 하느님이 계십니다.

요한네스 폼 크로이츠를 생각해 보십시오.
관념이 멈추는 곳에서 우리는 끝 모를
나락으로 추락하지만 바로 그곳이
신앙의 근원이라고 한 그의 말을 생각해 보십시오.
빈손으로 빈 몸으로 서 있을 때
우리에게 남는 것은 희망입니다.[8]

아이리스 머독

어두운 밤이 시작되면
지금까지와는 다른 체험을 할 것입니다

어두운 밤이 찾아와 불현듯 당신을 덮치더니 결코 떠날 생각을 하지 않습니다. 이제 당신은 한시도 우울한 감정과 불안에서 벗어날 수 없습니다. 길잡이가 되어 준 별을 더 이상 볼 수 없습니다. 당신은 길을 잃고 헤매고 있고, 누구의 보호도 받지 못하고, 서 있을 자리를 잃었습니다. 알지 못하는 어떤 것 속으로, 무無속으로 추락하고 있습니다. 이제 당신은 자기 자신조차도 제대로 파악하지 못합니다. 그리고 거의 모든 것을 지금까지와는 다르게 경험합니다. 불안과 도전이 없는 삶, 평화를 향한 열망을 내면 깊은 곳에서 느낍니다. 동시에 난파당했다는 느낌이 엄습합니다. 기존의 가치는 무너지고 당신은 알지 못하는 밑바닥으로 점점 더 깊이 추락합니다.

하느님 안에 있는 심연은 우리 인간의 머리로는 헤아릴 수 없는, 깊이를 잴 수 없는 나락이다. 인간이 신의 심연과 만나려면 자신의 심연으로 다가가야 한다. 즉 끝없는 자기 파괴의 무한한 심연을 말한다. 다시 말해서 인간은 순수 무구한 무無의 상태가 될 때, 무無를 당연하게 받아들일 수 있다. 이것은 무無의 심연으로부터, 무無의 깨달음으로부터 온다.[9]

4월 10일

그 사이 나는 정적의 집에 도착했어.

나의 첫 번째 나비, 너는 오늘 겨울 정원을 아주 빠르게 지나가 버렸지. 너의 그림자도 보지 못했어. 질비아가 "저기, 나비야."라고 말했지만 널 제대로 쳐다볼 겨를도 없을 정도로 금방 사라져 버렸지. 나는 정말 흥분했어. 내가 이 순간을 얼마나 기다리고 기다렸는데. 그런데 나비 넌 꿈에도 생각하지 못한 엉뚱한 순간에 찾아왔어.

네 웃음소리를 들으려면 나는 아직 한참 멀었어. 소리는 고사하더라도 제대로 보지도 못했으니 말이야. 겨울 정원의 두꺼운 유리가 우리 사이에 가로놓여 있어. 유리벽에 갇힌 것처럼 나를 가두는 많은 것이 내 안에 있어. 그런 것들이 너의 웃음소리를 들을 수 없도록 하고 너를 느끼지 못하게 해. 내 귀와 감각이 예민해 지지 못하도록 막고 있지. 나는 내 안에서 절망을 느껴. 절망은 이따금 나를 거의 미치게 해. 나는 절망에 끌려 다니고 있는 느낌이야. 절망을 다시 떨쳐 버릴 날이 있을까? 절망이 나를 떠날까? 지하 감옥에서 나는 빠져나올 수 있을까? 내 감방에서? 내 인생을 다시 가꾸고 나비 너의 웃음소리를 들을 수 있을까?

산책을 하던 중, 우연히 나는 나비 두 마리를 만났어. 너무나 정겨웠지. 한 마리가 폴폴 날아 땅에 앉았어. 한참 동안 그 자리에서 갈색 얼룩무늬 날개를 팔락이고 있었어. 나비를 바라보고 있으니까 그냥 좋더라. 나는 살며시 미소 지을 수 있었지. 하지만 여전히 슬픔에 빠져 있었어. 무조건 떨쳐 버리고 싶은 생각과 근심에 사로잡혀 있었어.

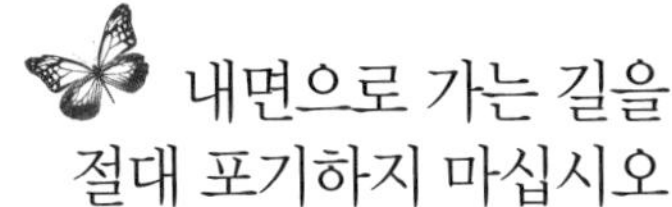

내면으로 가는 길을
절대 포기하지 마십시오

지금까지 삶의 지표가 되었던 것과 이별하는 일은 정말 힘듭니다. 익숙한 것을 완전히 놓아 버리고 어둠에 자신을 내맡기며, 완전히 다른 길을 가는 것은 매우 어렵습니다. 그래서 당신은 혹시 좀 더 '쉽고', 좀 더 '편한' 길은 없을까라고 자문할지도 모릅니다.

요한네스 타울러는 외형적인 변화와 노력으로 우리가 찾고 있는 것, 즉 하느님을 찾아낼 수 없음을 끊임없이 우리에게 상기시키고 있습니다. 밑바닥으로 내려가야만 하느님을 발견할 수 있습니다.

하느님은 인간의 내면, 인간의 내면 깊은 곳을 안식처로 택하셨습니다. 그분은 그곳에서 기쁨을 찾으셨습니다. 내

면에서부터 그곳의 깊은 곳을 인식하고, 모든 것을 그만두
고 심연으로 돌아가는 그런 사람이 단 한명이라고 있다면
좋을 텐데! 그러나 그런 사람은 없습니다.

외적인 활동에 치중하는 사람들은 내면으로 돌아가라는
경고를 열 번은 듣습니다. 그런 일은 빈번하게 일어납니다.
하지만 사람들은 내면으로 돌아가지 않습니다.[10]

4월 10일

나의 내면의 목소리는 무슨 말을 하고 있지?

어디로 가야 할까?

내 인생에서 무엇이 정해져 있지?

나는 무엇을 바꿔야 할까?

어떻게 어느 방향으로 나를 변화시켜야 할까?

무엇을 내려놓아야 할까?

무엇을 버려야 할까?

나는 어디에 매달려 있는 걸까?

매듭을 어떻게 풀 수 있을까?

사실 나는 이 모든 질문에 대한 답을 몰라. 그냥 기다리는 일 외에는 내가 할 수 있는 일은 없어. 하느님이 나 대신 이 질문에 대답을 해 주리라는 믿음으로 말이야. 그분이 내 안의 목소리에 말을 걸 것을 믿으며 기다릴 수밖에 없어. 내가 할 수 있고 준비할 수 있는 일은 나를 그분께 맡기고, 그분의 힘을 받아들이는 거야. 나는 준비가 되었노라고 말하고 있어. 그러면서 그 순간, 하느님의 영향력을 전적으로 받아들이는 것을 주저하고 있는 나를 느끼고 있어. 그럼에도 불구하고 나는 그분을 원해. 이렇게 준비하면서 나는 몸과 마음이 점점 홀가분 해 져. '성공' 여부는 나에게 달려 있지 않아.

"그것은 오직 나의 하느님, 오직 당신에게 달려 있습니다."

자아가 죽을 때 당신은
무無와 만날 수 있습니다

존재의 깊은 곳으로 내려가는 경험은 당신을 바닥에 내동댕이치고 철저하게 뒤흔들어 놓을 것입니다. 죽음을 맞을 때 우리는 이런 경험을 합니다. 이와 관련해 요한네스 폼 크로이츠는 자아가 죽을 때 우리가 극복해야 하는 감각과 영혼, 정신의 어두운 밤의 경험에 관해 말하고 있습니다. 우리는 완전한 어둠과 무無와 조우합니다. 우리에게 그 어떤 지지 기반이나 토대도 마련해 주지 않는 완전한 무無를 말합니다. 그 앞에서 도망쳐서는 안 됩니다. 우리는 이 어두운 밤 한가운데를 가로질러 가야 합니다.

감각과 영혼, 정신의 어두운 밤이 다름 아닌 무無와 만나는 밤입니다. 외적인 것을 벗어 버리고, 우리의 자아에 달라붙어 있는 모든 것을 놓아 버리면서 하느님과 조우하게 되는, 껍질을 벗는 탈피의 밤이라고 할 수 있습니다. 이렇게 자아의 죽음을 겪는 사람은 그 속에서 하느님을 만난다고 믿는 신비주의적 전통을 인정합니다. 그렇습니다. 우리가 추락한 무無는 하느님입니다. 어두운 밤을 경험하면서 우리의 영혼은 우리 안의 심연으로 내려갑니다. 이렇게 궁극적으로 하느님을, 그분의 황무지, 그분의 사막, 그의 깊이를 받아들일 수 있습니다.

> 당신 자신 안의 사막 속에 서 있을수록,
>
> 아무것도 모르는 무지의 상태에 있을수록,
>
> 당신은 모든 것인 그분에게로
>
> 더 가까이 갈 수 있습니다.[11]

4월 11일

저녁 산책을 하고 있어. 방금 전에 나는 그냥 호수를 보고 있었어. 호수는 나에게 다가왔고, 내 안으로 들어왔어.

예배당으로 가서 마음으로 하느님, 당신을 향하고자 했습니다. 정말 하느님 당신을 위한 시간을 가져 보려고 했습니다. 언제가 마지막이었는지? 자리에 앉아 무릎을 꿇고, 몸을 숙여서 머리를 바닥에 댄 채 당신 속에 침몰하는 순간입니다. 단순히 당신 곁에 있고자 하는 나의 내면의 충동을 그대로 따르고 있습니다.

산책을 시작했을 때만 해도 새들이 지저귀고 있었고, 아직 주변이 환했어. 점점 새들의 노랫소리가 잦아들었고, 커다란 평화가 나를 가득 채웠지. 내가 그렇게도 갈망하고 있는 평화야. 난 알아. 이 평화가 내일이면 다시 사라질 거라는 걸. 그렇게 되면 나를 들쑤시는 생각들이 또다시 나를 이렇게 저렇게 결정하려고 하고 괴롭힐지도 몰라. 하지만 지금 나는 이대로 편안함을 느끼고 있어. 지나친 근심과 걱정에 내가 함몰되지 않도록 나를 지켜 주는 층을 느끼고 있어. 이것은 내가 혼자가 아니라는 것, 내가 관계들 속에 있음을 알게 해 주는 층이야. 그 자체로 좋은 느낌이야. 내 안의 어딘가에서 기어 나와 나를 잡아당기는 불안감은 지금 이 순간 나를 지배할 힘을 잃었어.

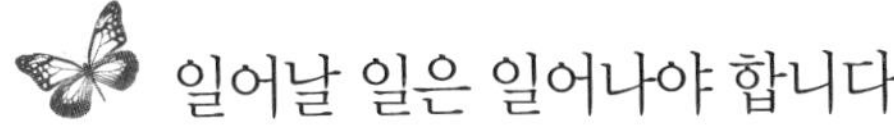# 일어날 일은 일어나야 합니다

당신 안에 존재하는 하느님의 중심과 만나지 못하도록 하고, 하느님과의 조화로운 삶과 공속감을 회복하지 못하도록 방해하는 것을 놓아 버리는 과정은 고통을 동반합니다. 당신은 지금까지 당신에게 중요했던 삶의 방식에서 벗어나야 합니다. 무엇보다도 직업적인 성공, 재산, 명성을 버려야 하고 타인의 인정에 대한 욕심을 버려야 합니다. 당신 스스로 지니고 있는 당신의 모습, 지금까지 당신이란 인물을 형성했던 이미지, 당신이 그런 이미지를 얻기 위해 그토록 많은 시간을 투자했다 해도 그런 것들을 포기해야 합니다. 이루 말할 수 없는 큰 도전이지요. 그러나 계속 성장하고 싶다면, 일어나야 할 일을 일어나게 하고 싶다면 지금까지 당신과 당신의 세계를 규정했던 모든 것을 놓아 버려야 합니다.

밖에서부터 안으로 철저하게 돌아설 각오가 되어 있을 때만 이전의 당신 모습을 완전히 놓아 버리는 데 성공할 수 있습니다. 그러나 대개 자아의 구속은 너무 강하기 때문에 혼자서 그런 일을 하기는 쉽지 않습니다. 당신을 뒤에서 도와줄 누군가가 있어야 합니다. 지금까지 당신의 삶을 결정했던 모든 것을 버리는 급격한 전환 앞에서 당신이 할 수 있는 일은 깨끗하게 돌아서는 것뿐입니다. 그럴 정도로 당신은 지금까지의 삶의 궤도에서 분연히 이탈해야 합니다. 아무리 두렵고 갈 수 없는 길처럼 보일지라도 오직 이 길을 갈 때에만 당신은 다시 평화를 찾을 수 있습니다. 일어나야 할 일이라면 지금 일어나게 하십시오. 그러면 당신은 어느 날 당신을 지탱하고 있는 심연을 느낄 수 있을 것입니다.

4월 11일

비가 내리고 있고, 숲이 나를 감싸고 있어. 나는 우연히 두 마리 다람쥐를 보았어. 나비들은 어디에도 보이지 않아. 지금 너희들은 대체 어디에 있는 거지? 난 너희들의 웃음소리가 그립고, 너희들의 웃음소리를 미치도록 듣고 싶어. 내 안에 너희들의 웃음소리를 들을 수 있는 자리를 가지고 싶고, 그 자리가 힘을 가지길 간절히 바래. 그 자리가 모습을 드러내고 '일을 할 때' 비로소 나는 너희들의 웃음소리를 들을 수 있고 진정한 웃음을 다시 찾을 수 있을 거야. 그러면 내 상처는 치유될 테고 나는 힘차게 뛰노는 생명체의 일부분이 될 거야.

하루 종일 나비 한 마리도 보지 못했어. 명상을 하며 숲 속을, 풍경을 가르며 걷고 있어. 나는 숲을 거의 인식하지 않았는데도 지금 내가 숲 속에 있음을 일분일초마다 깊이 깨닫고 있어. 새들의 노랫소리는 나의 길동무야. 지금 이 순간 걷는 것이 그냥 좋아.

한 걸음 한 걸음
서두르지 않고,
목표도 없이
그냥 걷고 있습니다.
해야 할 일도 생각하지 않고,

아무도 나를 기다리지 않습니다.

아무도 내게 원하는 것이 없습니다.

그저 걷고 싶습니다.

살고 싶습니다.

3장 정화

고요한 밤은 명상하기에 아주 좋고,

유익한 시간입니다.

모든 감각과 그 힘에서

조용히 멀어져

있는 힘을 다해 자기 안으로

오롯이 침잠해야 합니다.

모든 이미지들과 형상,

모든 자신의 힘을 박차고 날아올라야 합니다.

하느님은 빛 가운데서 어둠이기 때문입니다.

그렇기 때문에 우리는 아무것도 물어서도 안 되며,

요구해서도 안 됩니다.

어떤 의도도 가지지 말아야 합니다.

조용함도, 효과도 원하지 말아야 합니다.[12]

요한네스 타울러

어두운 밤을 뚫고 나가십시오 

당신의 자아, 아니 더 적절한 표현을 하자면 당신의 에고가
죽고 당신이 어두운 밤을 체험할 각오를 하면 타인의 인정
이나 성공, 재산처럼 지금까지 당신에게 중요했던 모든 것
이 무의미해 지고 당신 자신의 본질과 좀 더 자주 만나게 될
것입니다. 그러기 위해서 어두운 밤 당신을 이끌어 줄 길에
들어서는 것이 중요합니다.

　요한네스 폼 크로이츠는 우선 어두운 밤을 나락에서 떨어지
는 공포심으로 표현했습니다. 어두운 밤은 머리를 쭈뼛쭈뼛
서게 하고 두려움을 불러일으킵니다. 왜냐하면 "저 깊은 곳에
있는 인간의 정신을 매정하게 싹 쓸어버리고 하느님을 향하
도록 개조해 버리기 때문입니다. 그러나… 영혼 안에서 미쳐
날뛰면서 처음에는 제대로 모습을 드러내지 않는 하느님의

사랑의 불은 점점 밝아지면서 서서히 그 '부드러운' 본성을
보여 줍니다. 어둠이 물러나고 지옥처럼 느껴졌던 불이 영혼
의 빛을 밝히면 천사의 사랑의 불이 모습을 드러냅니다."[13]

4월 12일

아침 식사 때 나는 여러 번 웃음을 참지 못했어. 예전에 질
비아가 나에게 이런 말을 한 적이 있었어. "오늘은 얼굴이
무척 환하구나." 그런데 정작 나는 내 얼굴이 그런지 전혀
의식하지 못하고 있었어. 토마스 머튼의 말 한마디가 떠올
랐어. "사람들이 그들 스스로 환하게 빛나는 태양처럼 세상
을 걸어가고 있다는 사실을 볼 수 있다면 좋겠습니다." 이
런 경험을 한 사람이 그런 사실을 다른 사람들에게 때때로
말해 줘야 해.

내가 사람들이 빛나는 태양임을 볼 수 있을 때 나비의 웃음
소리를 들을 수 있지 않을까? 나는 모든 것을 열어 두고 싶고
아무것도 억지로 얻고 싶지 않아. 참을성 있게 기다릴 거야.
라이너 마리아 릴케는 『젊은 시인에게 보내는 편지』에 이렇

게 적고 있어.

　세상에 모든 것은 태어나야 할 때가 있습니다. 달이 찰 때까지 기다려야 합니다. 감정의 모든 느낌과 싹은 그 자체 안에서, 어둠 속에서 완성될 수 있습니다. 그것은 표현될 수 없는 것이고, 의식할 수 없는 것이고, 오성으로 알 수 없는 것입니다. 그것은 인간의 이성으로 이해될 수 없으며, 말로 표현할 수 없고, 의식할 수 없지만 그런 과정을 통해 완성됩니다. 모든 것이 다시 명료해 질 때까지 겸손하게 참고 기다려야 합니다. … 수액을 억지고 밀어내지 않고, 달려오는 봄을 보면서 여름이 오지 않을지도 모른다는 근심을 하지 않고, 느긋하게 서 있는 나무처럼 성숙해야 합니다. 여름은 옵니다. 그러나 여름은 시간이 마치 영원하기라도 한 것처럼 그렇게 여유 있게 근심 없이 조용히 기다리는 사람에게만 옵니다. 나는 이것을 매일매일 고통스럽게 배우고 있습니다. 나는 그 고통에 감사합니다. 인내가 전부입니다![14]

 하느님의 조건 없는 사랑을 받을 준비를 하십시오

당신은 밑바닥으로 내려갈 때 어둠 속을 지나갑니다. 그러면 당신의 근원은 물론 동시에 첫사랑을 경험할 수 있습니다. 이것은 하느님이 우리에게 조건 없이 선물한 사랑이고, 인간적인 그 어떤 사랑보다 앞섭니다. 요한네스 폼 크로이츠는 『어두운 밤』이란 사랑의 시로 이 과정을 묘사하고 있습니다.

어두운 밤,

사랑의 동경으로 불타오르니,

오, 행복한 운명이구나!

이제 내 집은 고요함에 잠겼으니,

나는 아무도 모르게 도망치노라.

어둠 속에서 안전하게,

비밀 사다리를 타고, 변장을 한 채,

오, 행복한 운명이로구나!

이제 내 집은 고요함에 잠겼으니,

어둠 속에서 아무도 모르게.

축복 받은 이 밤,

아무도 나를 보지 못하고,

나 또한 아무것도 인식하지 못하는구나.

마음속에 타오르는 것 외에

나를 이끄는 불빛도 인도도 없이.[15]

4월 12일

숲 속을 지나고 있어. 나무 사이로 태양이 빛나고 있지만 추운 날씨야. 이따금 강한 바람이 나무를 휩쓸고 지나가고 있어. 쏴아 바람이 훑고 가는 소리가 들리고 이어서 우지끈 나뭇가지 부러지는 소리도 들려와. 나는 그냥 걷고 있을 뿐이야. 생각이 떠오르면 떠오르는 대로 그냥 걸으면서 한 번씩 호수를 바라보고는 하지. 나를 느끼고 있어. 그런데 마음이 기뻤으면 좋으련만 기쁘지 않아. 그렇다고 슬픈 것도 아니야. 나는 단순히 여기 있는 거지. 서 있거나 걷고 있어. 그리고 나는 예배당 바닥에 누웠어.

당신 앞에서 시간은 멈춥니다.
하느님 당신 곁에 나를 쉬게 하소서.
강한 하느님, 당신 곁에는
청량함과 평화와 인내가 있나이다.[16]

나는 한참 동안 예배당 바닥에 그대로 누워 있었어. 그리고 하느님이 가까이 있음을 느꼈어. 다시 일어났을 때 내가 강해졌음을 느꼈어. 내 방으로 가기 전 호수를 다시 보았어. 이제 호수가 아주 분명하게 보여. 나는 내 안에서 확신을 느껴.

"나는 당신이 내 가까이에 있음을 느낍니다. 나를 두렵게 하고, 불안하게 하고, 동요시키는 그 어떤 것도 당신 안에,

당신 곁에 있는 것을 방해하지는 못합니다. 나의 하느님, 나
는 당신과 결합되어 있음을 마음 깊이 느낍니다."

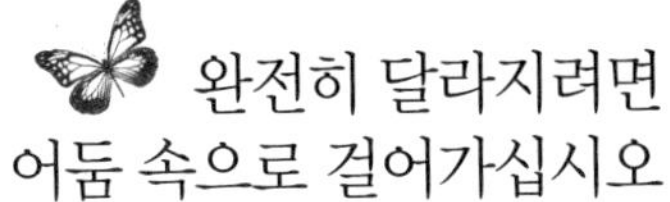

완전히 달라지려면
어둠 속으로 걸어가십시오

당신은 이제 어둠 속으로 걸어가야 합니다. 완전히 달라져서 당신의 첫사랑과 당신의 영혼, 하느님과 하나가 되기 위해서입니다. 그러면 모든 것이 사라집니다. 당신은 자신을 포기하고 그분께 자신을 맡깁니다. 요한네스 폼 크로이츠는 자신의 시에서 이렇게 말하고 있습니다.

오, 밤이여, 나를 조종하는 이여!

오, 밤이여, 여명보다 더 고귀한 이여!

오, 밤이여, 사랑하는 사람들을 하나로 만드는 구나.

연인들은 사랑하면서 서로가 된다.

그는 오로지 그만을 위해 꽃을 피운,

내 가슴에 기대어

잠이 들었고,

나는 그에게 나를 선물로 주었으며,

히말라야 삼나무들이 바람에 살랑거렸다.

그대로 나는 나를 잊은 채,

연인 위로 얼굴을 숙였다.

모든 것이 사라졌고, 나는 나를 버렸다.

나는 근심을 떠나보냈고, 백합꽃 아래에서

근심을 잊어버렸다.[17]

4월 13일

나는 숲 바닥을 쪼고 있는 두 마리 비둘기를 만났어. 잠시 지켜보고 있었어. 그러자 마음이 가벼워 지면서 무겁게 나를 짓누르고 있던 것이 누그러지는 듯했어. 적어도 그런 것 같았어. 좀 조심스럽게 표현하자면 걱정이 고개를 들려고 기를 쓰고 있어. 그런 느낌이 들려고 해. 걱정이 아직도 내

목덜미에 앉아 있어.

나는 이곳 노이샤텔 인근의 사람들이 라 로쉐라고 부르는 거대한 바위를 바라보고 있어. 내가 그 위에 집을 짓고 싶을 정도로 그렇게 큰 바위는 분명 아니야. 하지만 나에게 라 로쉐는 하느님, 토대, 내 삶의 기초, 내 희망을 의미해. 물론 하느님은 라 로쉐보다 훨씬 더 거대한 바위이고, 더 튼튼한 토대지.

나는 계속 걸으면서 뒤렌마트의 소설 『뒤죽박죽계곡』을 생각하고 있어. 이 소설에 등장하는 거대한 폐허 더미와 불타는 농가를 생각해. '뒤죽박죽 계곡' 멋진 단어야. 내가 오랫동안 내 안에서 느끼고 감지했던 것에 딱 들어맞는 단어야. 나는 계곡 사이를 걸어가고 있어. 매우 좁고 가슴을 답답하게 하는 계곡이야. 정신이 없어. 더 이상 생각을 정돈할 수 없고, 머리도 맑지 않고, 내가 어디로 가고 있는지도 잘 모르겠어. 목표도 정하지 않았어. 아무것도 확실한 것은 없어. 모든 것이 의심스러워. 어쨌든 이렇게 나는 모든 것을 체험하고 있고, 체험했어.

나는 한 걸음 한 걸음 계속 걸어가고 있어. 비가 내리고

있고, 공기가 차가워. 이런 날씨는 나비를 겁먹게 하지. 나
비들은 여전히 몸을 꼭꼭 숨기고 있어.

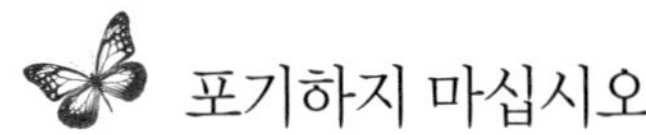

포기하지 마십시오

더 이상 걸어갈 수 없다고 생각되는 그런 어두움에 직면하면 당연히 발길을 돌리고 싶습니다. 그렇게 할 위험성이 있습니다.

인간의 아들이라고 불릴 수 있는 사람은 누구나 십자가를 짊어지고 골고다 언덕을 올라갑니다. 많은 아니 대부분의 사람들은 첫 번째, 두 번째 계단도 오르지 못하고 거리 한가운데 주저앉아 울부짖으며 포기합니다. 그들은 골고다 언덕에 도착하지 못합니다. 다시 말해서 십자가에 매달린 후 부활해서 영혼을 구해야 하는 지고의 의무를 수행하지 못합니다. 그들은 십자가에 못 박히는 것이 한없이 두려워 마음이 약해집니다. 십자가만이 부활에 이르는 좁은 길임을 그들은

모릅니다. 다른 길은 없습니다.[18]

우리에게 이 말은 어둠이 아무리 짙고, 깊다 해도 발길을 돌리지 않도록 용기를 줍니다. 옛것, 익숙한 것으로 다시 돌아가지 않고, 어두운 밤을 끝까지 가로질러 가도록 우리에게 용기를 북돋아 줍니다.

4월 13일

"해산의 아픔을 겪는 여인처럼 울부짖었노라." 엘가의 시편 48장 개작 음악의 선율이 끊임없이 머릿속과 마음속에서 울리고 있어. 특히 마음속에서 그래. 여인의, 어머니의 울부짖음으로 가득 찬 엘가의 선율이 내 마음을 사로잡았어. 아주 깊은 데서 나오는 선율이야. 아픔과 기쁨이 뒤섞여 있지만 아픔이 기쁨보다 훨씬 더 짙게 배여 있어. 루터 번역본에는 시편 48장 7절이 이렇게 표현되어 있어.

떨림이 그들을 사로잡았고,

산모처럼 불안해 하고 있다.

　나는 왜 불안해 하는 걸까? 내 안에서 새롭게 태어나는 무엇에 대한 두려움일까? 지금 내가 산통을 겪고 있는 걸까? 내 안에 뭔가 새로운 것이 생겨나고 있는 걸까? 옛날에 누군가가 개종을 했는데 그것은 자신을 뿌리째 뒤흔드는 경험이라고 말한 적이 있었어. 나는 소위 '새로 태어난 사람'들의 말을 곧이곧대로 믿지 않았고, 그런 사람들을 경멸했었지. 분명히 그런 사람들 중에는 사이비 신자와 하루살이 신자들도 있어. 하지만 과거와는 완전히 다른 새로운 사람으로 태어나는 전환을 경험한 사람들도 많지 않을까? 바로 그 순간부터 인생이 확 변하는 그런 힘을 가진 전향이 있지 않을까?

밑바닥으로 내려가는 체험에  온전히 자신을 맡겨 보십시오

한스 옐로우쉐크는 "죽음의 경험을 오롯이 받아들이고 그 것을 피하지 않을 용기를 가진 사람이라면 죽음의 길을 갈 수 있습니다."라고 말합니다.

만약 위기가 닥치기 전에 내적인 자아의 강한 힘을 찾게 된다면 좋을 것입니다. 어렵지만 그렇게 할 수 있는 사람은 두려움 없이 보다 쉽게 정화의 과정으로 들어가는 문을 열 수 있습니다.

자아의 힘을 단지 능력이나 역량, 또는 자신의 외적인 아 름다움 등에만 기대는 사람들에게는 그것은 어려운 일입니 다. 자신을 지탱해 주는 바닥이 무너졌다는 것은 그 어떤 외 적인 조건을 잃은 것보다 훨씬 더 총체적인 붕괴입니다. 그래서 많은 사람들이 예컨대 이별 같은 구체적인 죽음의 체험을 두려워하면서 오지 못하도록 방어하는 것도 이해할 수 있습니다. 하지만 그렇게 하면 새로운 삶 또한 체험하지 못합니다. 그들에게 고통은 그저 무의미한 것일 뿐이고, 한갓 쓰라린 숙명에 지나지 않을 것입니다.[19]

4월 14일

한가지 사물을 오래 관찰하면 할수록 많을 것을 보지 못하게 된다. … 사물에게로 가지 말고 사물이 당신에게 오게 하라. … 내가 필요한 것은 뚫어지게 바라보는 눈이 아니라 편안하게 관조하는 눈이다.[20]

헨리 데이비드 소로우가 자신의 일기장에 적고 있듯 나는 느린 시선으로 사물을 훑어보고 싶어. 눈길이 닿는 대로 보고 싶어. 사물들에게로 가는 대신 그것들이 내게 왔으면 좋겠어. 나는 마찬가지로 나비의 웃음소리를 듣기 위해 귀를 쫑긋 세우지 않을 거야. 그저 들리는 대로 듣고 싶어. 마음을 열고 나비의 웃음소리를 들을 준비만 하고 있을 거야.

사물에 집중하는 눈이 아니라 부유하는 시선으로 귀 기울이고 더듬으면서 나 자신과 사람들, 그리고 하느님과 만나기를 원해. 내일이 아니라 지금 당장 그렇게 할 테야.

하마터면 놓치고 보지 못할 뻔했어. 한 마리 나비, 흰나비였어. 빠른 날갯짓으로 내 곁을 스치며 날아갔지. 햇살 좋은 날이 나비를 밖으로 유혹한 거야. 바로 이어서 날개 가장자리에 노란 물이 가볍게 들어 있는 작은 나비 두 마리가 나를 향해 날아오고 있어. 서로 장난치면서 말이야. 그리고 마지막으로 날개 한가운데에 파란 원이 그려진 아름다운 남색 나비 한 마리가 날아왔지. 나는 남색 나비의 날갯짓을 따라가며 바라보고 있어. 아무 생각 없이 내 눈이 부유하도록 하고 귀를 기울이고 있었지. 이제 나는 온통 푸른 잎이 돋고 있는 나뭇가지들 사이로 하늘을 바라보고 있어.

다른 사람에게 자신을 맡기십시오,
그리고 그들의 도움을 받으십시오

한스 옐로우쉐크는 (예를 들어 이별의 경험과 같은) 자아를 풀어놓는 과정을 용납하지 못하는 사람에 관해 이렇게 말하고 있습니다.

터지기 일보 전의 상태로 꽁꽁 동여매여진 고치 속의 누에처럼, 나는 칭칭 감겨 있는 듯합니다. 하지만 애벌레가 나비가 되기 위해서는 고치가 찢어지는 과정을 거쳐야 합니다. 그것은 일종의 죽음의 형식이고, 당연히 두려운 일입니다. 그래서 오히려 그들은 꽁꽁 동여매진 고치 상태로, 경직된 상태로 있고자 합니다. 그럼으로써 죽음의 경험으로부터 자신을 방어하는 것입니다.

고치 상태를 벗어나는 사람은 이미 말했듯 어두운 밤으

로, 죽음을 체험하는 소용돌이 속으로 빠져 듭니다. 힘든 경험입니다. 그 때문에 이런 상황에 처한 사람들은 도움과 지원이 필요합니다. 심리적으로 강한 사람들도 마찬가지입니다. 왜냐하면 이런 힘은 모래성처럼 무너지기 쉽기 때문입니다. 그들은 일단 이웃의 도움을 필요로 하고 어쩌면 정신적, 육체적 치료가 필요할 수도 있습니다. … 그러나 강한 자아를 만들어 주는 것만이 능사는 아닙니다. 그것은 아무 도움도 되지 못하거나 혹은 충분하지 않습니다. 이런 과정의 보다 깊은 의미와 내용, 종교적인 의미와 내용이 무엇인지 주목할 수 있도록 계속 도와주어야 합니다. 그리고 이런 깊은 경험을, 마음을 열고 받아들일수 있도록 용기를 북돋아 주어야 할 것입니다.[21]

4월 14일

집의 유리문 한 짝이 깨진 일이 있었어. 무서운 일격이 유리문에 가해졌고, 유리는 수천 조각으로 산산이 무너져 내렸어. 일종의 상징일까? 내 안의 갑옷이 그렇게 된 듯한 예감? 완벽

함, 완벽주의, 안전에 대한 욕구를 변호하는 갑옷. 여기, 지금
의 삶, 순간의 삶을 질식시키는 갑옷. 내 안에 무겁게 걸려 있
으면서 안전 조치와 방어 무기로 꽁꽁 묶여 있는 갑옷, 그것
은 언제 떨어져 나가 수천 조각으로 산산이 부서질까? 갑옷
이 느슨해 졌어. 더 이상 그렇게 단단하게 나를 아래로 끌어
당기지 않고 있어. 또 나를 더 이상 질식시키지 않고 있어. 언
제 갑옷이 떨어져 나갈까? 언제쯤 나는 그것을 벗어던져 버
릴 수 있을까?

4장 의심과 확신 사이에서

영혼의 밑바닥과 가장 깊은 내면에서 일어나는,
당신 안의 영원한 탄생을
오롯이 기다리십시오.
그러면 당신은 모든 선한 것,
모든 위로, 모든 환희,
모든 본질적인 것,
그리고 진리를 발견할 것입니다.
이런 탄생을 기다리지 않으면
모든 재산과
모든 축복을 놓칠 것입니다.[22]

마이스터 에크하르트

하느님은 희망의 근원이십니다 

칠흑 같은 어두운 밤을 지날 때 당신은 마침내 자신의 참된 근원을 발견할 것입니다. 제 말을 믿어도 좋습니다. 아무것도 없는 무無 속에서 하느님의 눈이 당신을 응시하고 있고 당신은 완전히 다른 존재이신 그분을 만나게 될 것입니다. 하느님의 시선을 참고 견딜 때는 떨리지만 희망 가득 찬 목소리로 이렇게 말할 수 있을 것입니다.

하느님 당신은

내 희망의 근원이고,

당신은

내 안에서 깊은 비밀로서 살아 계십니다.

회의와 확신 없는

나날들을 보내면서

삶이 나를 아무리 깊게 속여도

확신에 차서 나는 깊이 내려가렵니다.

내 안의 약점과 무기력도

그만큼의 존재의 이유가 있기에

당신은 나를, 당신의 불안을 통해

생명의 근원으로 이끌고 있기 때문입니다.

이렇게 나는 충만해져서

나는 당신 안에서 새로운 안식처를 발견합니다.[23]

4월 14일

나는 쓰러진 나무를 보고 있어. 뿌리를 다 드러낸 채 너부러져 있어. 바로 내가 그렇게 누워 있었어. 뿌리가 뽑힌 채 말이야. 나는 뿌리를 깊게 내리지 못했었어. 땅에 겨우 붙어살고 있었지. 그러다 쓰러지고 말았던 거야. 그냥 그렇게. 그런데 나를 포기하지 않은 사람들이 있었어. 내 아내, 나를 사랑하고 소중히 여기는 사람들, 그리고 하느님. 그들이 나를 다시 일으켜 세웠어. 그렇지 않았다면 나는 이미 오래 전에 바짝 말라 비틀어졌을 거야. 나는 다시 서 있어. 아직은 이따금 비틀거리기도 하지만, 점점 더 굳건해 지고 있어. 이제 나는 땅을 뚫고 들어가 뿌리를 땅 속 깊이 내리려고 해. '그래도 나는 확신에 차서 아래로 아래로 내려가렵니다.' 내 희망과 삶의 마지막 근원이신 당신, 하느님 안에 내 삶의 돛을 깊게 내리렵니다.

주여, 내게 머무소서.
살아 있을 때나 죽었을 때나
주여, 내게 머무소서!

아무리 갑옷이 단단하다 해도 나의 내적인 큰 동요를 더 이상 막을 수는 없어. 눈물과 흐느낌을 참을 수 없어. 터져 나오는 눈물과 흐느낌이 갑옷보다 더 강해. 나 자신에 대한 애착, 사랑, 존경, 연민을 더 이상 막을 수도, 거절할 수도 없어. 갑옷은 영향력과 힘을 점점 잃고 있어. 나의 갑옷은 없어지고 있어. 내가 확신에 차서 근원으로 내려가고 있기 때문이야.

회의를 확신으로 변화 시키십시오 

마이스터 에크하르트는 "영혼 안에는 아무리 큰 난관이라도 이겨 내고 하느님과 하나가 되게 하는 힘이 있다. 그것은 영혼의 작은 불꽃이다."라고 말했습니다.

어두운 밤을 체험하면서 당신은 무無속으로 추락합니다. 무無는 하느님이십니다. 당신은 자신 내면의 사막과 황무지를 경험하면서 하느님의 황무지와 그분의 근원에서 그분을 만날 수 있습니다. 모든 것이 당신에게 등을 돌리는 것처럼 보이는 깊은 절망을 겪으면서 변화를 체험할 수 있습니다. 당신은 이렇게 자신의 근원과 본질적으로 다시 하나가 됩니다.

기적을 일으킬 수 있는,

자기 안의 신의 불꽃에

자신을 내맡길 수 있는 사람은 누구나

무기력을 희망으로,

의심을 확신으로

변화시킬 수 있는

능력을 지니고 있습니다.[24]

4월 15일

아침을 맞으러 나가고 있어. 호수 위로 아침이 살짝 밝아 오고 있고, 무겁고 어두운 비구름이 드리워져 있어. 엘가는 이를 시편 48장을 번역해 만든 자신의 곡에서 '그의 권세가 가득한 중에, 그의 도시의 성벽 안에서'라고 번역하고 있지. '그의 도성의 성벽 안에'라는 노랫말에서 멜로디는 아주 평온해 지면서 나는 깊은 감동을 느껴. 나는 속으로 '그의 도성의 성벽 안에서'를 흥얼거리며 나 자신을 위한 시편을 적고 있어.

그의 도성의 성벽, 그곳에 하느님은 살고 있다.

아주 침착하게 당신도 그렇게 되게 해 보라.

사로잡히게 해 보라.

하느님이 당신 안에 살게 되는 기적을 일으켜 보라.

당신 안에 존재하는 하느님의 불꽃은 꺼지지 않았다.

당신은 일단 근원으로 내려가야 한다.

죽음과 지옥의 세상 속으로

내려가고 또 내려가라.

당신 안에 존재하는 하느님의 불꽃이

들어설 자리를 마련해 주기 위해

내려가고 또 내려가라.

새롭게 불을 지펴 당신 안의 불이

빛과 온기를 발해 활활 타오르게 만들 기회를

불꽃에게 주기 위해

내려가고 또 내려가라.

하느님이 지금으로부터 영원히

당신 안에 머물 수 있도록

새로 태어나서

당신 안에

그분이 있을 자리를 마련해 주기 위해

내려가고 또 내려가라.

하느님이 아들 예수님을 당신 안에 낳을 때 

당신 영혼의 작은 불꽃이, 당신을 유일한 분에게 인도하는 날, 하느님은 그분의 아들을 당신 안에 태어나게 합니다. 피에르 슈투츠는 요한네스 타울러에게 부치지 않은 편지를 썼습니다.

마이스터 에크하르트는 하느님이 영혼 속에서 탄생한다고 가르치고 있고, 그런 희망을 전달하고 있습니다. 그리고 당신은 이런 에크하르트의 말씀을 받아들이고 있습니다. 에크하르트는, 인생에서 모든 중요한 것이 그렇듯이 선물이나 다름없는 하느님의 탄생에 대해 성탄절 강론을 하면서 이렇게 말했습니다. '하느님은 독생자 아들을 당신 안에 낳았습니다. 당신 마음에 들든 그렇지 않든 당신이 자고 있든 깨어 있든 하느님은 그분의 일을 하십니다. 우리 존재의 이런 깊은 비밀이 인간을 신적인 존재로 변모시킵니다. 어떤 분이 하늘에 계신 아버지께서 무슨 일을 하시는지 나에게 질문한 적이 있습니다. 그때 내가 말했습니다. 그분은 자기 아들을 낳고 그것이 얼마나 즐겁고, 또 얼마나 마음에 들던지 아들을 낳는 일 말고는 아무것도 하지 않고, 성부와 성자는 성령을 꽃피웁니다. 하느님의 아들과 하느님 아버지가 내 안에서 자기 아들을 낳을 때 나는 같은 아들이지 다른 아들이 아닙니다. 사람으로서 우리는 서로 다를지 모르나 그곳에서 나는 하느님 안에서 같은 아들이지 다른 아들이 아닙니다. 모든 사람 안에 있는 파괴될 수 없는 영혼의 작은 불꽃, 하느님의 중심 덕분에 일어날 수 있는 탄생입니다. 거기에서 하느님에 의해서 만들어진 이 영혼의 작은 불꽃은 위로부터 각인 받은 하느님의 본성을 지닌 상이고, 이 상은 신적이지 않은 모든 것과 항상 충돌합니다. 하느님에 의해 창조된 영혼의 작은 불꽃, 한 가닥 빛인 영혼의 작은 불꽃, 위로부터 자국이 남겨 지고 신적인 본성을 지니고 있습니다. 지옥에서조차도 영혼의 작은 불꽃은 선한 것을 향해 타오릅니다.[25]

4월 15일

길바닥에 넘어져서 들길에 쭉 뻗고 누워 있었지. 집으로 가
려 할 때 해가 떠오르고 있어.

하느님 당신은

내 안에 살고 있습니다.

당신은 내 삶의

일부입니다.

당신의 신적인 씨앗이 내 안에서

싹을 틔웁니다.

내 안의 중심인 당신이

구석구석을 비춰 줍니다.

당신은 그곳에 있습니다.

언제나 있습니다.

내 안에.

 살려거든 죽으십시오

당신이 무無를 만나는 순간 지금까지 당신을 붙들고 있던 모든 것이 무너져 버릴 것입니다. 하지만 이상하게 들릴지 모르겠지만 바로 그 무無를 만나는 순간 아픔과 기쁨으로 충만한 당신을 느낄 수 있을 것입니다. 이것은 죽음, 그리고 부활의 경험과 비교할 수 있습니다. 한스 옐로우쉐크는 첫 아내와 이별을 했을 때의 경험을 이렇게 이야기합니다.

내가 겪었던 일을 나는 다시 한 번 생각해 봅니다. 그때 처음부터 어두운 밤과 무無, 죽음만이 있었던 것은 아니었어요. 아내와 헤어진 직후부터 나는 이따금, 바로 그 최악의 순간에도 또 다른 느낌, 그러니까 정말 자유로웠습니다. 모든 것, 즉 자아라는 구조물 전체, 규범, 강제, 기대, 희망, 환상 등으로 이루어진 건물이 붕괴된 것이 어찌된 영문인지 좋기도 했습니다. 나는 그 건물 안에서 분명 어떤 존재였고, 자신감에 넘쳤습니다. 하지만 감옥에 갇힌 수인이기도 했습니다. 그 건물이 나를 얼마나 옥죄었는지 지금 제대로 깨닫고 있습니다. 정말 죽음이 때로는 새로운 부활의 모습으로 나타나기도 하는 것 같습니다.[26]

4월 15일

나는 걸어가다가 오늘 나비들을 한 번도 떠올리지 않았다는 것이 생각났어. 어떻게 이해해야 할까? 너희들을 그리워하고 있다고 생각했는데 너희들을 잊어버리다니. 그러나 내 그리움의 실체, 너희 나비들을 볼 날이 가까이 왔기 때문에 내가 너희들을 생각하지 않은 건 아닐까? 나는 저 멀리서부터 너희들의 웃음소리를 듣고 있는 건지? 내가 지금까지 들어 보지 못한 무엇인가를 내 안에서 듣고 있는 것은 아닐까? 너희들의 웃음소리를 예민하게 마음으로 느낄 수 있는 그런 면이 내 안에서 눈을 뜨고 기지개를 켠 것일까?

나비의 웃음소리를 듣는 사람은

구름의 맛을 알 수 있다.

그는 달빛 속에서 아무런 두려움 없이

밤을 발견하게 되리라.

구름을 보고 있어. 난 아직 그 맛을 느낄 줄 몰라. 달을 찾
아보지만 볼 수가 없어. 하지만 두려움은 사라졌어. 밤이야.
밤이 나를 감싸고 있어. 정말 마음이 편해.

5장 변신

우리가 순수하게 벌거벗은 상태로
하느님에게 돌아오면,
하느님의 심연은
당신에게 돌아온 순수하고 맑은 인간의 근저로,
몸을 기울여 내려갑니다.
하느님의 심연은 창조된 근원의 모양을 만들어 주고
동시에 근원을 창조되지 않은 상태로 옮깁니다.
인간의 정신과 하느님이 하나가 되도록.[27]

요한네스 타울러

실패는 자유와 변신의 어머니입니다 

한스 옐로우쉐크는 말합니다.

나 역시 세상 사람들이 다 그렇듯이 선하고 밝은 삶만을 추구했습니다. 하지만 고통스런 이별을 경험하고 있는 지금, 모든 것이 산산이 부서질 때 비로소 자유로워질 수 있음을 깨달았습니다. 그것은 모든 영적인 학파들이 이야기하는 죽음과 삶의 본질적인 통일에 대한 경험이었습니다.

우리가 처해 있는 숨통을 조이는 어둠을 한스 옐로우쉐크는 '해산의 통로' 에 비교합니다. 그곳에는 뒤로 돌아설 수 있는 길이 없습니다. 고통은 임박할 해산의 진통과 같습니다.

우리가 이런 이별의 국면에서 절실히 경험한 일들은 다시 정상으로 되돌아가기 위해 가능한 한 빨리 지나쳐야 할 불쾌한 일에 불과한 것은 아닙니다. 그렇게 서두르다 보면 이런 경험의 종교적인 차원을 놓쳐 버릴 수도 있습니다. 심리학적으로 말하자면 밤의 경험, 무의 경험은 나를 자아의 심층으로 이끌어 주고 강박적인 자아의 구속으로부터 해방시켜 줍니다.[28]

이 길을 가십시오. 그러면 당신은 변화를 경험할 수 있습니다. 당신이 지금까지 결코 만나지 못했던 방식으로 하느님을 만날 것입니다. 그리고 하느님은 전혀 다른 방식으로 당신을 만날 것입니다.

4월 15일

내면이 아름다운 음악으로 가득 차고 더할 나위 없이 예뻤던 때가 있었습니다. 나는 앉은 채 나의 생각에 귀를 기울이고 있었습니다. 그 안에 노래가 있었지요. 몇 시간이고 바위에 앉아서 나를 사로잡았던 선율과 씨름을 했습니다. 나는 나직하고 섬세하면서도 명료한 음악에 몇 시간씩 귀를 기울였습니다. 그것은 새의 지저귐도 아니었고, 지상을 울리는 하프 소리도 아니었습니다. 왜 기쁜지 알 수 없었지만 기쁨으로 가득 차 있을 때의 바로 그런 느낌이었습니다. 뗏목과 땅바닥에 앉아 지상의 것이 아니면서도 이 땅을 지배하고 있고, 이 땅에 질서를 준 음악에 귀를 기울인 적이 있었습니다. 사람은 울림이 있는, 노래하는 하프인가 봅니다. 자신이 리라가 되어 리라의 현에 아침의 입김을 실어 멜로디를 만드는 대신, 음악을 듣기 위해 자기 자신을 떠나 먼 나라를 떠돌아다니는 것은 이해하기 어렵지요.[29]

내 안에서 나의 선율이 들려오는 것 같아. 아직은 아주 조심스럽게 울리고 있지만 나는 금방 알 수 있어. 나에게 친숙한 멜로디인데 도대체 어떻게 잊을 수 있겠어. 친숙하지만 뭔가 다른 것이 있는 멜로디야. 내가 지금까지 모르고 있던 내 안의 깊은 곳에서 흘러나온 멜로디는 나와 비슷하다는 느낌을 강하게 주고 있어. 멜로디 속에서 내가 멜로디를 통해 느낀 것을 찾았어. 그리고 나 자신을 더 많이 발견하지.
이보다 더 나 자신이었던 적은 없어.

어둠 속에서 빛을 보십시오 

어두운 밤을 경험하십시오. 깊은 어둠과 칠흑 같은 암흑이
지나고 나면 당신 안의 빛이 점점 밝아질 것입니다. 시간이
지나면서 암흑은 빛으로 변합니다.

모든 집착을 풀고,

모든 것을 그대로 놔두십시오.

그러면 아주 낯선, 주변에 빛을 뿌리고 있는

최고의 정상에 서서,

조용히 말하는 침묵으로,

기적에 이어 또 기적을 듣습니다.

그때 우리는 너무도 명료하고,

빛으로 가득 찬 광채인

확 트인 어두운 암흑 속에서

확고부동한, 새로운

기적을 느낍니다.[30]

4월 16일

어둠은 당신에게 어두운 것이 아니다.

밤은 낮처럼 밝다.

떼제의 노래가 내 마음 속에 계속 울리고 있어. 내 영혼은 그 노래 속에 침잠하면서 어둠 속에서 빛으로 나아가고 있어. 노랫소리가 나를 어둠에서 빛으로 이끌어 주고 있어. 나의 하느님, 당신이 나의 어둠을 비추어 줍니다.

내 느낌을 믿어도 되는 걸까? 어둠이, 나의 어둠이 정말 더 이상 나에게 어둡지 않을 수 있을까? 그래. 나는 내 안의 어디에선가 나지막한 기쁨이 솟아오르는 걸 느끼고 있어. 심층으로부터, 내 안의 깊은 곳에서 솟아나는 기쁨이야.

나는 알프스를 보고 있어. 빛에 둘러싸여 있는 설산, 알프스. 그런데 바로 그 위로 어두운 구름이 양탄자처럼 펼쳐져 있어. 이제 어둡고, 슬프고, 두려움에 찬 느낌이 내 안에 연무처럼 피어오르고 있어. 나는 그런 느낌을 그냥 받아들이고 있어. "어둠은 나에게 어두움이 아니다."

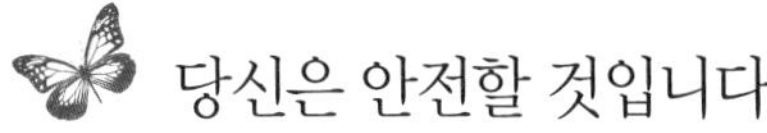

당신은 안전할 것입니다

이런 변화의 시기에 당신이 아무리 하느님의 도움과 현존을 의심하고, 그분이 부재하는 듯이 보이는 상태를 견딜 수 없어할지라도 하느님이 당신을 버리지 않았음을 믿어어야 합니다. 헨리 뉘벤은 엄청난 내적인 불안과 깊은 두려움에 사로잡혀 있던 삶의 한 시기에, 자신의 「비밀 일기장」에 이렇게 적고 있습니다.

잊지 마라.
네가 안전하고,
사랑받고 있음을,
네가 보호받고 있음을.
하느님과 그분이 너에게 보낸

사람들과 결합되어 있음을.

하느님의 것은 끝없는 생명을 가진다.

영원한 생명이다.

영원한 삶을 선택하라.

그러면 그렇게 될 것이다.[31]

4월 16일

지금 만큼 내가 내 곁에, 내 안에 있었던 적은 없어. 이런 느낌은 말할 수 없이 좋아. 이런 느낌을 대신할 수 있는 것은 이 세상 어디에도 없어. 나는 바로 지금 충만한 삶을 살고 있고, 순간을 체험하고 있고, 존재를 체험하고 있어.

왜 사람은 도대체 일흔 살, 아흔 살이 되어야 한다고 생각하는 걸까? 왜 나이는 목표가 되는 거지? 나이는 목표가 아니야. 목표라면 내 곁에 있고, 내 안에 존재하는 것, 사는 것, 순간을 사는 것, 바로 그런 거야. 그 안에 삶의 비밀이 있어. 바로 지금 이 순간에 사는 것. 그보다 중요한 삶의 비밀은 없어. 이 순간이 중요하지. 지금 이 순간이 중요할 뿐이지. 수십 년을 산다는 게 뭐 그렇게 중요해. 여하튼 나의 삶의 척도는 오래 사는 데 있지 않아. 내 곁에, 내 안에 존재하며 사는 삶, 무엇과도 바꿀 수 없는 이런 좋은 삶 속에서 다른 사람들과 함께 하는 진정한 삶의 순간들이 앞으로 살아야 할 세월을 합친 것만큼 가치가 있어. 미래의 내 삶은 현재의 내 안으로 밀고 들어오지 못하고, 단지 나의 표피만 건드릴 뿐이야.

위기는 당신의 삶을 돌아볼 수 있도록  내려진 선물입니다

삶의 의미를 다시 찾아내기 위해 당신은 좀 더 깊이 보는 법을 배워야 합니다. 현재 당신의 위기는 당신이 지금까지 보지 못했거나 제대로 보지 못했던 것을 볼 수 있는 눈을 열어줍니다.

우리는 자신이 원하는 것을 얻는 데 지나치게 몰입한 나머지 삶의 경험을 통해 배울 수 있는 교훈을 간과하고는 합니다. 내가 치료하고 있는 많은 에이즈 환자들은 그들의 생의 마지막 한 해가 그들이 살아온 세월 중 가장 멋진 해라고 말했습니다. 그들 중 많은 이들이 지상에서 보내는 마지막 한 해의 풍요로움을 건강한 육체와 바꾸고 싶지 않다고 말합니다. 대부분의 사람들은 비극이 찾아왔을 때 비로소 삶의 더 깊은 측면을 들여다봅니다. 슬픈 일이지요. 비극 앞에서 비로소 우리는 정말 중요한 것이 무엇인지 찾기 위해 외적인 욕구(외모와 돈…) 너머로 가 보려고 합니다. '위기'는 우리 자신에 대해 아주 많은 것을 발견하도록 도와줍니다. 그렇게 우리의 삶은 윤택해 질 수 있습니다. 만약 '파국'이 우리가 통상 당연하다고 생각하는 선물로 우리의 삶을 윤택하게 해 준다면, 그렇다면 정말 파국일까요? 아니면 그것은 우리의 삶을 깊게 볼 수 있도록 내려진 선물일까요?[32]

4월 17일

새벽 세 시야. 나의 친구 나비들. 너희들은 분명히 지금 꿈나라에 있겠지. 너희들을 못 본 지도 벌써 오래 됐어. 지금은 어두운 밤이고, 나는 너희들을 생각하고 있어. 너희들은 얼마나 오래 살까? 아마도 그저 여름 한철이겠지. 하지만 너희들은 살고 있어. 한 순간을 위해. 한 순간을 위해 반짝이고 있어. 예전이라면 이런 생각이 나를 슬프게 했을 거야. 그렇게 짧게 산다니, 뭐하자는 말이야? 도대체 그런 짧은 삶이 무슨 의미가 있어? 그러나 지금은 한 순간을 위해 빛을 내는 삶, 정말 제대로 사는 것이 아름답다고 생각해. 이런 생각이 나를 사로잡고 있어.

나는 엘리자베스 퀴블러 로스가 에이즈 환자들에 대해 이야기한 기사를 기억하고 있어. 그들은 자기 생의 마지막 한 해를 인생에서 가장 아름다운 때이자, 아주 의식적인 삶을 살았던 때라고 했지. 그 한 해는 지금까지 살았던 모든 세월과 미래를 합친 것과 똑같아.

자기 자신과 갈등 없이 산 사람은
죽음 또한 평화로울 것이며,
죽어서도 살아 있는 어떤 사람보다
더 살아 있을 것입니다.

 # 당신의 슬픔은 변화를 위한 시간입니다

만약 당신이 지금 이 순간 슬픔 속에 있다면, 그것은 좋은 징조이자 희망일 수 있습니다.

당신은 큰 슬픔을 많이 겪었습니다. 그리고 그런 슬픔은 그냥 지나갔습니다. 당신은 슬픔이 그렇게 지나간 것이 당신을 힘들게 했고, 화나게 했다고 말합니다. 그러나 이런 큰 슬픔이 오히려 당신의 한가운데를 꿰뚫고 지나가지는 않았는지 깊이 한 번 생각해 보길 바랍니다. 당신 안의 많은 것이 변화되지 않았는지, 슬퍼하는 동안 당신의 본질의 어떤 부분이 변화되지 않았는지요? 우리의 지식 이상으로 더 멀리 볼 수 있고, 우리가 예상할 수 있는 범위 너머를 조금이라도 더 볼 수 있다면 우리는 기쁨보다 오히려 슬픔을, 믿음을 가지고 감내할 것입니다. 왜냐하면 슬픔의 순간에 새로운 것, 미지의 것이 우리 안에 나타나기 때문입니다. 그때 우리의 감정은 불안하게 침묵하고, 모든 것은 우리 안으로 뒷걸음질합니다. 그리고 고요함이 찾아오고, 아무도 모르는 전혀 새로운 것이 내면의 한가운데서 침묵하고 있습니다.[33]

4월 17일

나는 새들의 노랫소리를 듣고 있어. 장작을 패고 궤짝을 정리한 후 몸이 기분 좋게 편해짐을 느끼고 있어, 나는 호수를 보고 있어. 보트 한 척이 눈에 띄어. 머리 위가 가볍게 눌리는 느낌이야. 약간 피곤해. 나는 내 안에서 그리움이 있음을, 기쁨과 감사가 싹트고 있음을, 깨닫고 있어. 그리고 슬픔도 조금.

이것은 내 존재의 더 깊은 근원이다. 내 안에서 살며, 영향을 미치고 있는 하느님을 내 영혼의 근저에서 예감하는 것이다.[34]

하느님은 내 안에 살고 계십니다.

당신은 내가 지금 여기 있음의 근원이십니다.

당신은 나의 토대입니다.

당신이 없으면 나의 근원은 없습니다.

나의 영혼은 오직

당신에게로 고요하게 향하고 있습니다.

나는 당신의 심연에서,

당신 안에서,

언제나 편안히 쉬고 싶습니다.

지금

그리고 영원히.

고통을 이겨 내야 합니다 

자아의 죽음을 맞는다는 것은 산을 넘는 소풍처럼 간단한 일이 아닙니다. 그것은 오히려 지옥행에 비유될 수 있고, 잔 인합니다. 그리고 낭떠러지로의 추락을 의미합니다.

내가 데이브레이크 공동체에 있었을 때 나에게 전혀 예상 할 수 없었던 일이 일어났습니다. 나는 심연으로 완전히 추 락했습니다. 사람들은 그곳에서 산산이 찢겨 지고 안과 밖 이 완전히 뒤집혔습니다. 나는 깊은 우정을 기반으로 위대 한 기독교적인 사랑으로 정신지체 장애인들과 함께 살며 그 들을 돌봐 주고자 했습니다. 고독을 잘 견뎌내야 한다는 또 다른 사실을 미리 계산하지 못했습니다. 거기에는 매력이나 낭만 따위는 없었고, 끔찍한 고통만이 있었습니다. 그것은 예수님을 쫓아 완전한 미지의 세계로 가는 일이었습니다. 이는 십자가 위에서 나를 포기하는 것이며, 새로운 삶과 순수한 믿음을 믿고 의지하는 삶입니다. 그러나 좋고, 아름다운 일에 무감각해 지라고 요구하는 십자가는 동시에 정신 속에서 새로운 공동체가 태어나는 장소이기도 합니다. 예수의 죽음은 풍요로운 열매를 맺을 씨앗의 죽음이었습니다. 내가 만약 희망의 길이기도 한 고난의 길을 갈 각오를 하지 않는다면 나의 삶은 결코 열매를 맺지 못할 것입니다.[35]

4월 17일

자아의 죽음! 살고자 하는 것, 나의 진정한 자신을 결정하는 것이, 나로부터 나와 살 수 있게 하기 위해서 내가 죽고 나의 에고가 죽는다면. 나 자신에게 가는 길을 자유롭게 하기 위해 나의 자아가 죽는다면. 또한 하느님에게로 가는 길을 자유롭게 하기 위해 나의 자아가 죽는다면.

하느님은 자신을 버림으로써 종이 되셨고, 인간이 되셨지. 내 안의 하느님이 인간이 되기 위해서 나는 나를 버려야 해. 그리고 하느님이 내 안에서 첫 번째 자리를 차지하지 못하도록 방해하는 것을 나는 무너뜨려야 해. 하느님이 내 집에 거하시는 것을 방해하는 것을 없애 버려야 해. 내가 더 이상 아무것도 아닐 때, 무無 속으로 떨어질 때, 비로소 나는 하느님을 내 안에서 발견할 수 있어. 이것은 힘들고 가혹한 일이야. 정말 많은 것을 포기해야 하는 일이지.

해가 지고 있어. 저녁 하늘에 걸려 있는 구름이 밝게 빛나더니 붉게 물들고 있어. 저녁놀이 나무들 사이로 반짝이고 있어. 나는 살기 위해 죽어야만 해. 미망과 허영과 얄팍함으로 가득 찬 자아와 이별해야 해. 자아가 가라앉고 있어. 저녁놀 속으로. 자아의 죽음!

그만 방황하십시오

드디어 도착했다는 느낌을 갖는 순간이 올 것입니다. 당신의 느낌을 신뢰하십시오. 당신은 고향에 들어선 것입니다.

'제발 더 이상 헤매지 마십시오.' 방황을 접고 고향으로 돌아오십시오. 당신에게 필요한 것을 하느님이 주신다고 믿으십시오. 당신은 인생 내내 사랑을 그리워하며, 세상 곳곳을 헤매고 다녔습니다. 이제 그런 방랑 생활에 종지부를 찍어야 할 시간입니다. 하느님이 당신에게 부족함 없는 사랑을 주리라는 믿음을 가지십시오. 그것도 인간적인 방법으로 말입니다. 당신이 죽기 전에 하느님은 당신의 소망을 충족시켜 줄 것입니다. 제발 더 이상 헤매고 다니지 마십시오. 하느님을 신뢰하고 받아들이십시오.

고향에서 당신은 안전하며, 편안하게 보호받고 있다는 느낌을 받을 수 있습니다. 당신이 바라는 것을 고향에서 가질 수 있을 것입니다. 도망가지 않도록 당신을 붙잡아 줄 인간적인 손길이 필요합니다. 고향으로 돌아가서 고향에 머무십시오. 당신의 마음을 움직이고, 편안히 쉴 수 있는 사랑을 찾을 수 있을 것입니다.[36]

4월 18일

내 안에서 샘물이 샘솟고 있음을 느껴. 저 깊은 곳에서 위로 올라오는 길을 따라 흐르는 물. 샘물이 솟아오르는 소리를 내가 듣고 있는 걸까? 내가 나의 샘 속으로 파고 들어간 것일까? 그 길은 다시 열린 것일까? 나는 샘물 소리에 귀를 기울이며, 내 안의 샘물과 만나고 있어. 고요함, 지금 여기 있음, 조용한 기쁨. 한밤의 꿈속에서의 결혼식, 연회, 나를 향해 기쁘게 달려오는 볼이 통통한 아이가 있어. 귀향.

나비의 웃음소리를 듣는 사람은 구름의 맛을 알 수 있어. 미국에서 심리 치료사 훈련을 받을 때, 나는 처음으로 나비라는 개념을 접했지. 배가 이리저리 움직이면서 내면의 흥분이 어떻게 분명해 지는 지를 나는 다른 사람의 배를 보면서 알았어. 나는 그것을 그의 나비라고 말해. 나비의 빠른 날갯짓이 보여 주는 전형적인 움직임이라 할 수 있지.

낙엽을 모으면서 나는 휘파람 소리를 들었어. 언제 내가 마지막으로 휘파람을 불었었지? 내 기쁨의 원천이기도 한 나의 샘물에서 샘솟는 물소리인지? 내 나비들아, 내가 너희들의 웃음소리를 내 안에서 듣고 있는 거니? 나의 영혼의 깊은 곳에서 반향 하는 너희들의 웃음소리가 저 멀리에서 들려오고 있는 걸까? 너희들의 웃음소리를 들을 수 있는 곳에 내가 도착한 걸까?

6장 밤은 여명의 빛을 잉태하고 있습니다

여러분의 마음속에서 동이 트고,
샛별이 떠오를 때까지는
어둠 속을 밝혀 주는 등불을 바라보듯이.

베드로 후서 1장 19절

당신의 마음속에
샛별이 뜨도록 하십시오

우리가 여러분에게 알려 준 우리 주 예수 그리스도의 권능과 강림의 이야기는 사람들이 꾸며 낸 신화에서 나온 것이 아닙니다. 우리는 그분이 얼마나 위대한 분이신지를 우리의 눈으로 보았습니다. 그분은 분명히 하느님 아버지로부터 영예와 영광을 받으셨습니다. 그것은 최고의 영광을 지니신 하느님께서 그분을 가리켜 "이는 내 사랑하는 아들, 내 마음에 드는 아들이다." 하고 말씀하시는 음성이 들려왔을 때의 일입니다. 우리는 그 거룩한 산에서 그분과 함께 있었으므로 하늘에서 들려오는 그 음성을 직접 들었습니다. 이것으로 예언의 말씀이 더욱 확실해 졌습니다. 여러분의 마음속에서 동이 트고, 샛별이 떠오를 때까지는 어둠 속을 밝혀 주는 등불을 바라보듯이 그 말씀에 주의를 기울이는 것이 좋겠습니다.

베드로 후서 1장 16절-19절

언젠가 그때가 옵니다. 당신은 그때를 오게 할 수 없고, 단지 희망할 수 있을 뿐입니다. 샛별이 당신 안에 떠오르면 요한네스 타울러가 말한 기적이 일어납니다.

> 하느님이 매일 매시간 진실하고 영적인 방식으로
> 은총을 통해서, 그리고 사랑으로
> 선한 영혼 속에 태어날 때
> 세 번째 탄생이 이루어집니다.[37]

5월 18일

"어두움은 당신에게 어두운 것이 아닙니다."

나는 선잠에서 깨어나 내 안의 빛을 느끼고 있어. 암흑, 어두움, 어둠이 밝기 시작하고 있어. 나의 머리를 두루 비춰 주고 나를 당황하게 하는 밝음. 무거운 것은 사라졌어. 마치 내 눈을 덮고 있던 막이 떨어져 나간 듯해. 지금까지 단지 어렴풋이 인식할 수 있었던 것이 이제는 빛나는 빛 속에서 아주 밝게 보이고 있어. 내가 통과한 것일까? 어두운 밤이 지나간 걸까? 아침이 밝아 온 것일까? 한스 작스의 시와 그 시에 곡을 부친 바그너의 선율이 내 안에 자리 잡고 있어.

곧 새벽이 올 것이다.
숲에서 나이팅게일의
기쁨에 찬 노랫소리가 들려온다.
산과 계곡을 헤치고 들려온다.
밤은 서쪽으로 기울고 있고
해는 동쪽에서 떠오른다.
흐린 구름 사이로
새벽이 빛을 발하고 있다.

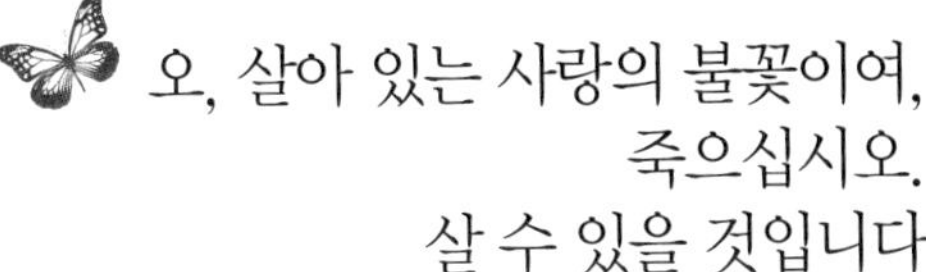

이제 당신은 요한네스 폼 크로이츠의 노래에 공감할 수 있을 것입니다.

오, 살아 있는 사랑의 불꽃이여,

그대, 내 영혼의 가장 깊은 곳에

부드럽게 상처를 내고 있네.

그대는 더 이상 차갑지 않으니,

원한다면 완성하라.

이런 부드러운 만남의 베일을 찢어 버려라.

오, 부드러운 사로잡힘!

오, 선물 받은 상처여!

오, 부드러운 손이여!

영원한 생명의 맛을 풍기고,

모든 죄를 말소하는

오, 부드러운 접촉!

죽어야지 살 수 있음을 보여 준 그대.[38]

5월 18일

일상의 검은 빵. 이곳에서의 일상. 이곳에 있는 것은 예나 지금이나 좋아. 그렇지만 시작의 매력적인 힘은 점점 줄어들고 있어. 이곳에서도 현실을 받아들이는 것이 중요해. 집에서 느끼는 일상의 현실, 일터에서 일상의 현실을 받아들이는 것이 중요한 것과 마찬가지지.

힘든 싸움을 끝낸 것처럼 피곤해. 내 안에서 많은 일들이 일어나고 있어. 일어나야 할 일이고, 일어날 수 있는 일이지.

"죄수들에게 말해라. 나가라! 그리고 암흑 속에 있는 사람들에게 말하라. 나오라." 이것은 시편의 말씀이야. 이제 지하 동굴에서, 감옥에서 나와 저 멀리, 세상으로, 일상으로 가야할 시간이야. 이제 어둠에서 나와 빛 속으로 들어가야 할 때야.

그리하여 빛줄기가 나를 비추고, 나를 뚫고, 빛날 수 있도록, 내 자신을 빛 속에서 드러낼 수 있도록, 내가 그대로 투시될 수 있도록 말이야.

당신을 사랑으로 부드럽게 이끄십시오 

오, 횃불이여,

그대의 반사광은

어둡고 맹목적이었던 감각의 깊은 동굴을

따뜻하고 밝게 비춰

사랑하는 이의 곁으로 데려가는 구나.

그대가 몰래 거하고 있는 나의 품에서

그대는 얼마나 부드럽고, 사랑스럽게 깨어나는지!

달콤한 동경과 선함, 그리고 영광으로 가득 찬 채

얼마나 부드럽게 나를 사랑으로 이끄는지![39]

4월 18일

그는 달빛 속에서 아무 두려움 없이,
밤을 발견하게 되리라.

얼마나 아름다울까. 달빛 속에서 밤을 만나는 것. 보름달.
하늘에는 별이 총총히 박혀 있고, 밤 10시. 종소리가 울려
온다.

자기 자신과 갈등 없이 산 사람은
죽음 또한 그러할 것이며.

어느 날 종소리가
나의 마지막 길을 동반할 때,
오늘 같기만 하면.
평화, 그냥 존재하는 것,
숨을 들이쉬고 내쉬는 것.
삶, 죽음, 삶과 죽음 속에서 존재.

죽어서도 살아 있는 어떤 사람보다

더 살아 있을 것입니다.

그냥 살아라,

그냥 죽어라,

아멘.

당신의 근원을 신뢰하십시오

어두운 밤의 경험과 무와의 만남은 당신을 자신의 깊은 곳으로 이끌면서, 당신의 발아래 단단한 토대를 쌓을 것입니다. 이렇게 당신은 오직 자아에만 집중하는 상태에서 벗어날 수 있습니다. 결정적인 사건을 겪고 난 후 당신은 이런 과정을 맞게 될 것이고, 그것을 통해 당신의 자아에서 벗어나 새롭게 변할 수 있을 것입니다. 자신의 근원과 만난 당신은 자신과 주변에 보다 깊은 애정을 지닌, 깊이 있는 존재로 태어난 자신을 경험할 것입니다. 당신은 자신에게 있었는지 몰랐던 내적인 강함을 느낄 수 있는 그런 존재가 될 것입니다. 당신은 다시 자신을 신뢰할 수 있습니다. 혹은 당신의 인생에서 아마도 처음으로 자신을 신뢰하는 것인지도 모릅니다. 당신은 자신의 근원, 깊은 바닥을 보았습니다. 이제 자신의 깊이를 신뢰하십시오.

구원의 길은 오른쪽이 아니라 왼쪽입니다.

구원의 길은 자신의 가슴 속으로 난 길이며,

그곳에만 하느님이 있고,

그곳에만 평화가 있습니다.[40]

4월 19일

원초적인 신뢰,

나는 삶 속에서 신뢰의 근원을 잃어버렸다.

그 자리에 근심, 절벽같이 깊은 근심이 들어섰다.

나는 원초적인 이런 신뢰를 다시 발견하기를 원해.

나는 심연으로 내려가면서 원초적인 신뢰를 다시 만날 거야.

그것은 내 삶의 유일한 근원이신 하느님에게 있어

하느님 안에서 근원을 찾아가면서

나의 토대가 닦여져.

"하느님, 당신은 나의 희망의 근원이십니다.

당신은 내 안의 깊은 비밀로서 살아 계신 분입니다."

새로운 것을 당신 가슴 속에
들어오게 하십시오

모든 것에는 나름 대로 때가 있습니다. 변화도 마찬가지입니다. 편했던 시간들이 가고 다시 슬픈 시간들이 온다 해도 용기를 잃지 마십시오.

라이너 마리아 릴케는 그 시간에 대해 이렇게 말합니다.

내 생각에, 우리가 겪는 거의 모든 슬픔은 우리가 활기를 잃은 그런 긴장의 순간에 생깁니다. 왜냐하면 우리 곁에 낯선 사람들만 있기 때문입니다. 모든 친숙하고 익숙한 것들이 잠시 우리에게 떨어져 나갔기 때문입니다. 그냥 멈춰 서 있을 수 없는 과정의 한가운데 서 있기 때문입니다. 그 때문에 슬픔 역시 지나가는 것입니다. 우리 안에 새로운 것, 새롭게 온 것이 우리 가슴 속에 들어섭니다. 가장 깊은 내면의 밀실로 들어왔는데 그곳에도 없다면 이미 피 속에 있는 것입니다. 그리고 우리는 그것이 무엇인지 경험하지 못합니다. 사람들은 우리에게 아무 일도 일어나지 않았다고 쉽게 믿어 버릴 수 있습니다. 그러나 손님이 들어옴으로써 집이 변화되듯 우리는 변화되었습니다.

우리가 슬픔을 보다 침착하고, 참을성 있게, 열린 마음으로 받아들일수록 새로운 것은 우리 안으로 훨씬 더 깊이, 더 확실하게 들어옵니다. 그리고 우리가 새로운 것을 더 잘 받아들일 때 그것은 더 깊은 우리의 운명이 됩니다. 그런 일을 인생의 말년에 겪게 되면(즉 우리로부터 나와서 다른 사람들에게로 들어간다면) 우리는 새로운 것에 내적으로 아주 친숙한 느낌과 가깝다는 느낌을 가지게 됩니다.[41]

4월 19일

나의 나비들아, 오늘은 너희들을 다시 볼 수 있을 만한 날씨야. 따뜻하고 아름다운 날이지. 그렇지만 나는 하루 종일 너희들을 전혀 보지 못했어. 그 대신 벌들이 무리 지어 윙윙 날아다니고 있어. 올 들어 처음 보는 풍경이야. 너희 웃음소리를 들으려는 동경은 점점 잦아들고 있어. 너희들 이미 변신을 겪었니? 누에에서 나비가 됐니?

오히려 내가 변신의 과정 한가운데에 있는 듯이 보여. 모든 것은 내면으로 향해 있어. 외부를 의식적으로 자각하고 있지만, 나는 내 안에서 나를 아주 강하게 느껴. 내부로 말려 들어가는 소용돌이처럼. 폭풍 전야의 고요처럼. 큰 사건이 일어나기 전의 적막한 상태처럼. 성장의 시간이야. 성장하고 싶은 것이 내 안에서 성장할 수 있기 위해서는 고요함이 필요하지. 하느님의 존재가 내 안에서 클 수 있도록 하느님이 내 안에서 싹을 틔우고, 내 안에서 꽃을 피울 수 있도록. 하느님이 내 안에서 태어날 수 있도록 하기 위해 나는 그저 존재하고, 그저 살고 있어.

난 그저 여기에 있어. 피권해. 꼭 슬픈 것은 아니지만 기쁘지도 않아. 나는 그냥 살고 있고, 그냥 존재하고 있고, 숨쉬고 있고, 앉아 있고, 글을 쓰고 있어. 분수의 물소리, 새들의 지저귐, 멀리서, 아주 먼 데서 들려오는 자동차 소음과 사람들의 목소리를 듣고 있어. 나는 태양과 태양의 온기를 느끼고 있고, 호수를 바라보고 있어. 나는 나비의 웃음소리를 듣기 위해 귀를 기울이고 있어. 나비 웃음소리를 듣고 구름의 맛을 알게 되는 그런 날, 그런 순간이 올 때까지 글을 쓰면서. 너희들을 기다리는 동안 빙그레 미소 지을 수 있어.

당신의 영혼은 평온해 집니다 

시간이 지나면서 당신의 영혼은 평온해 질 것입니다. 당신 안의 무엇인가가 가득 채워질 것입니다. 당신의 삶을 지옥으로 만들었던 두려움과 분열을 더 이상 느끼지 않을 것입니다. 당신은 점점 여유를 느낄 수 있을 것입니다.

야훼여, 당신께서는 나를 환히 아십니다.
내가 앉아도 아시고 서 있어도 아십니다.
멀리 있어도 당신은 내 생각을 꿰뚫어 보시고,
걸어 갈 때나 누웠을 때나 환히 아시고,
내 모든 행실을 당신은 매양 아십니다.
입을 벌리기도 전에
무슨 소리 할지 야훼께서는 다 아십니다.

앞뒤를 막으시고

당신의 손 내 위에 있사옵니다.

그 아심이 놀라와 내 힘 미치지 않고

그 높으심 아득하여 엄두도 아니 납니다.

4월 19일

다시 보름달 뜨고,

밤이

찾아왔습니다.

호수를 비추는 달.

두려움에

휩싸이지 않고,

밤을 발견합니다.

불화,

증오,

비참함,

폭력의

방해를 받지 않고,

그런 것들에 절망하지 않고,

느긋하게

삶과 죽음의 눈을 바라봅니다.

"살아 있는 어떤 사람보다

그 자신은

더 살아 있을 것입니다."

7장 당신 안에 여명이 밝아옵니다

모든 것이 침묵하고 있습니다.
고요하고 쓸쓸합니다.
하느님은 처음으로 고독했습니다.
그때 하느님은 여명을 만들었습니다.
여명은 고뇌를 불쌍히 여겼고,
흐릿한 색깔에 원기를 불어넣었습니다.
그리고 이제 산산이 부서졌던 것을
다시 사랑할 수 있었습니다.

요한 볼프강 괴테

당신 안의 모든 것이 눈을 뜹니다 

당신 안에 여명이 밝아올 때가 되었습니다. 새벽빛이 당신 안에 떠오릅니다. 밤은 낮으로 바뀝니다. 감사의 마음이 당신 안에 퍼집니다. 당신 안의 모든 것은 깨어나고, 당신 안에 떠오르는 서광을 맞이할 준비를 합니다. 당신은 기쁨으로 충만하여 경이롭게 시편 108장을 읊조립니다.

마음을 정했습니다, 하느님,
마음을 정했습니다.
노래하리이다. 거문고 타며 노래하리이다.

나의 마음아, 눈을 떠라.
비파야, 거문고야 눈을 떠라.

새벽을 흔들어 깨우리라.

야훼여, 뭇 백성 가운데서 당신을 찬미하리이다.
뭇 나라에서 당신의 찬양노래 들려주리이다.

5월 20일

아침놀이 밝아오고 있어,
그리움이 밀려오고 있어.
부드러운 아침놀의 홍조는
나의 영혼의 모상이고,
내 안의 서광을 보여 주고 있어.
나는 서광이 비추고 있음을
경험할 수 있어.

하느님은 내 안에서 깨어나서
내 안에서 떠오르고,
나의 깊은 곳으로부터

나를 가득 채우고 계셔.

나는 나비 웃음소리를 들어

나는 이제 구름이 무슨 맛인지 알 수 있어.

 ## 표현할 수 없는 것을 볼 수 있습니다

때가 되어, 하느님이 당신 안에 거한다는 것이 무슨 의미인지 알게 될 때, 당신은 그 의미를 언어로 표현할 수 없을 것입니다. 말로 표현할 수 없는 것을 당신은 '보고', '경험하고', '예감' 할 수 있습니다. 발터 슈바르트는 이런 경험을 글로 표현하고자 했습니다.

신비주의적 형이상학에서 볼 때, 인간 안에서 하느님의 탄생은 인간이 도달할 수 있는 지고의 것이다. 인간이 그런 경험을 하는 복된 순간에 우주의 의미가 완성된다. 개인적인 삶의 지고의 체험과 세계의 목적이 맞닿으며 운무가 흩어진다. 우리는 사물들의 신적인 근원으로 깊고 깊은 이해의 시선을 던진다.[42]

5월 20일

번개가 치지도 않았고, 요란한 소리도 나지 않았어.

뿔을 박살내는 (에드가 시편 48장 8절)

폭풍이 동쪽에서 일어나지 않았어.

조용히 거의 알아챌 수 없게

하느님이 올라오시고 있어.

모든 것이 내 안에서 생겨나고,

내 안에 잠겨 있어.

그리고 여명에 잠겨

그대로 머물러 있어.

# 내 안에 감추어진 정원을 발견하십시오

만약에 당신이 실패하여 한없이 나락으로 추락하다가 당신의 밑바닥을 발견하면, 그것은 당신이 지금까지 알지 못했던 당신 안의 정원을 발견하는 것과 같습니다. 이제 정원의 토지는 비옥하고, 그것은 당신의 것입니다.

영화 〈비밀의 정원〉에서 정말 아름다운, 버려진 땅을 발견했던 아이들처럼 나는 생의 한가운데에서 정원을 발견했습니다. 그 정원은 우리의 눈길로 생명을 얻고, 꽃을 피우고 있습니다.

조이스 럽은 『사랑하는 그대, 집으로 돌아오라』라는 책에서 이 영화가 그에게 어떤 영향을 주었는지 감동적으로 서술했습니다.

영국의 습지에 봄날의 비밀스런 순간이 다시 찾아오면, 정원은 다시 생명으로 가득 채워진다. 어린아이들이 뿌렸던 씨앗들은 땅 속으로 깊게 뿌리를 내려 서서히 땅 위로 싹을 틔우고 정원은 초록 물결로 넘실댄다. 꽃이 봉오리를 맺는다. 바라보는 사람들의 눈앞에 별안간 아름다운 꽃들이 화려하게 색의 향연을 펼친다.

정원이 이렇게 생명을 얻는 모습을 보면 나는 눈물을 주체할 수 없다. 나는 울음을 참을 수 없다. 하지만 결코 슬픔의 눈물은 아니다. 오히려 나의 '중년의 여로'에 감사하고 내가 투쟁의 시간을 이겨 냈다는 것에 대한 감사의 마음으로 가득 찬, 내 안의 깊은 공간에서 나온 눈물이다. 내 자신이 마치 정원의 꽃과 같이 느껴진다. 바로 내 눈앞에서 생동하고 있는 그런 꽃들처럼 느껴진다.[43]

5월 20일

영혼은 많은 꽃잎을 가진 연꽃처럼 피어난다.

칼린 지브란

하느님은
당신 안에서
연꽃처럼
피어납니다.

하느님은
내 안에서
꽃을 피우고, 또 피고 있습니다.
그리고 나를
거듭 꽃피우십니다.

나의 영혼은
하느님께 가는
길을 찾았습니다.
나의 영혼은
내 안에서 나를
하느님과 결합시켰습니다.
그래서 내 안의 하느님과

하느님 안의 나는

꽃을 피울 수 있고,

생명을 꽃피울 수 있습니다.

8장 환희

기뻐하라, 천사들의 합창을,
기뻐하라, 하늘의 군대를,
나팔소리를 울려 퍼지게 하라.
승자, 고귀한 왕을 칭송하라!
찬양하라, 그대 땅이여,
높은 곳으로부터 광채에 뒤덮이니!
위대한 왕의 빛이 너를 두루 비추고 있다.
보라. 어느 곳에서든 어두움이 사라졌음을.

부활절 전야에 부르는 부활 찬송

춤을 추세요

눈물과 감옥의 시간은 이제 지나갔습니다. 당신은 해방되었으니 소구를 들고 춤을 추면서 미리암의 뒤를 따를 수 있습니다.

아론의 누이요, 여예언자인 미리암이 소구를 들고 나서자, 여자들이 모두 소구를 들고 나와 그를 따르며 춤을 추었다. 미리암이 노래를 메겼다.

야훼를 찬양하여라.

그지없이 높으신 분,

기마와 기병을 바다에 처넣으셨다.

출애굽기 15장 20절 이하

클라우디아 미샤 아이블은 미리암의 노래를 감동적인 시
로 다시 엮었습니다. 그녀의 시는 당신에게 춤에 빠져 들라
고 권합니다.

노예의 사슬은 서서히 풀리고,

잰 걸음걸이는 잊혀 진다.

사슬을 풀고 무덤에서 나오니,

삶이 죽음을 이겼다.

갈 길은 아직 멀어도

그들의 마음속에 하느님이 계시기 때문에

그들은 지치지 않는다.

미리암, 미리암은 소구를 들고,

그들 앞에서 춤을 추었다.

모든 사람이 춤을 추기 시작했다.

그들은 춤을 추면서 바다를 건넜다.

여자들이 춤을 췄고, 남자들이 춤을 추었으며,

파도와 구름, 모든 것이 함께 춤을 추었다.

미리암, 미리암이 목소리를 높여 야훼를 위해
노래했고, 노래 불렀다.

4월 20일

프리드리히 니체는 무거운 사람의 정신은 '악마 그 자체'라
고 표현했다.

여기에서부터 '춤출 수 있는' 그런 사람을 동경하는 이미
지가 생겨났다. 가벼움의 느낌, 부유하는 힘, 올라가는 힘을
니체는 '궁극적인 가치'라고 했습니다.[44]

앙트완은 "춤 고마웠어."라고 말했어. 나는 처음에 그가
무슨 말을 하는지 몰랐어. 나는 잔디를 손질했어. 그러자 꽃
밭이 섬처럼 남아 있었지. 내가 잔디 기계를 움직이는 모습
이 마치 춤추는 것처럼 보였던 거야. 처음에는 타원형으로
움직이다가 작고 둥근 꽃밭을 만들었지.
나는 별다른 이유 없이 춤추는 것을 좋아해. 그리고 나는

춤을 동경해. 하지만 지금 이 순간 춤추는 것보다, 조용히 내 자신 안에 머물고 싶어. 나는 벤치에 아무 생각 없이 그냥 앉아서 멍하니 시선을 던지고 있어. 나는 태양을 즐기고 있어. 숲을 걸으며, 메마른 굵은 나뭇가지를 밟자 뚝 부러지는 소리가 났어. 나는 내가 완전히 무너져 나의 내면 깊은 곳으로 내려갔을 때 이런 소리를 들을 수 있을 거라고 생각했지만 들을 수 없었어.

이미 오래 전에 나는 내면으로, 심연으로 굴러 떨어졌어. 몇 년, 몇 달 동안 고통스러웠고, 갈등에서 벗어날 수 없었으며, 우울했고, 두려웠어. 결국 이제 나는 거의 견딜 수 없을 지경이야. 미치겠어. 나는 다시 돌아갈 수 있으면 좋으련만. 그렇지만 다시 돌아갈 길은 없어. 지금 내가 할 수 있는 일은 견디는 것, 그리고 절망하거나 겁내지 않고, 끝까지 참고 이겨 내야하는 거야.

당신 안에 하느님의 불꽃을  활활 타오르게 하십시오

하느님의 불꽃이 당신 안에서 다시 불을 지피면 당신은 당신 안에서 새로운 인생을 느낄 것입니다. 부활절 전야에 부활찬송을 부를 때처럼 당신은 당신 안에서 다시 활활 타오르는 하느님의 불꽃을 찬양할 수 있을 것입니다. 부활의 축제는 시작됩니다. 부활 전야에 우리는 이런 찬송가를 부릅니다.

촛불이 계속 빛을 내며 타고 있다. 어두운 밤을 몰아내는 빛. 촛불을 기분 좋은 향기로 받아들여라. 그 빛은 하늘의 별빛 속에 뒤섞여 있으니. 떠오르는 샛별은 아직 그 불꽃을 바라보고 있도다. 질 줄 모르는 저 샛별. 사자의 세계로부터 다시 돌아온 저 샛별은 부드러운 광채로 인간 세상을 비추고 있노라.

기쁨은 환희로 바뀌고 천사들의 웃음소리와 섞여 부활의
웃음으로 퍼집니다.

4월 20일

나는 오늘 드디어 다시 나비를 만났어. 배추나비, 노랑나비.
나는 근처에 있는 나비 집으로 가지 않을 거야. 나비 너희들
의 실체를 보는 것이 중요한 것이 아니야. 너희들의 웃음소
리를 들은 지금 나는 너희들이 반갑고, 너희들의 웃음소리
가 반가워. 너희들의 웃음소리가 그리워 힘들었던 때가 있
었는데 지금은 내가 언제 그랬던가 해.

나는 때때로 뒤렌마트의 소설 『뒤죽박죽 계곡』의 끝에서
울리는 크고, 조소 섞인 웃음이 저 멀리에서부터 마치 메아
리치듯 들려온다는 생각이 들어. 하지만 이제 나는 내 안에
서 나비가 아주 나직하게 웃는 소리를 듣고 있어. 살아 있
다는 것이 이루 말할 수 없이 기뻐. 나는 나비들과 함께 웃
기 시작해. 처음에는 머뭇거렸지만 갈수록 큰소리로, 더욱

즐겁게, 점점 막힘없이 웃었어. 나의 웃음은 춤으로 바뀌고
있어.

 # 당신 안은 밝아지고 있습니다

당신 안이 밝아지면 무슨 일이 일어날지 언어로 표현하고 전달할 수 있을까요? 적어도 표현해 보려고 노력할 수는 있을 겁니다. 시인들은 아마도 그렇게 할 수 있을 겁니다.

그리고 갑자기 탄생의 끈이,
빛의 끈이
사슬을 끊었다.
지상의 영광이,
나의 슬픔이
사슬과 함께
날아가 버렸다.
동시에 새로운 깊이를 알 수 없는 세계로

비애가

흘러 들어갔다.

그때 밤의 도취,

하늘의 선잠이 나에게 덮쳐왔다.

주변의 풍경이 조용히 솟아올랐다.

그 풍경 위로 나의 새로 태어난,

해방된 정신이 부유했다.

언덕은 먼지 구름이 되었다.

나는 구름 사이로

연인의 빛나는 얼굴을 보았다.

그녀의 눈 속에는

영원이 쉬고 있었다.[45]

4월 20일

밤이야. 달이 반쯤 안개 속에 잠겨 있어. 짙은 붉은색 달은 밝은 빛을 내며 떠오르는 듯해.

짙은 붉은색 빛으로 빛나는 내 안의 하느님, 나를 환하게 비추면서 내 안의 모든 것을 비밀스런 영원한 빛 속에 가라 앉히는 나의 영혼. 그 속에 나의 모든 갈망이 모여 있어.

"그 갈망은 나의 하느님 당신을 보다 더 깊이, 보다 더 은 밀히, 보다 더 생동감 있게 체험할 수 있도록 합니다."

4월 21일

달빛 속에서 우리는 현세의 땅이 아니라 영적인 대지에 속 한다.[46]

밤의 대지 위를 밝히는 달, 혹은 독특한 부드러운 색조로 뜨 고 지는 태양은 나의 영혼을 채우는 상징들이야. 밑바닥으 로 내려가면서 기울고 떠오르는 하느님에 대한 이미지들이 야. 내 안에서 하느님은 그분의 부드러운 색채와 은혜로운 분위기를 퍼뜨리고 있어. 그래서 나는 떠오르는 태양을 보 면서 하느님을 체험해. 하느님은 내 안에서 태양처럼 떠오 르고, 그분의 현존하심을 통해 나를 완성시키셔.

하느님은 당신의 영혼 속으로, 빛으로 쏟아져 내립니다

하느님이 우리 영혼으로 밀려 들어오고, 그분이 가까이 있음을 우리가 느끼고, 그분이 우리 안에 떠오를 때 우리가 경험한 것을 시인은 물론 특히 신비주의자들도 표현할 수 있습니다. 그들은 자신들의 경험과 상상력으로 그렇게 할 수 있습니다. 마이스터 에크하르트는 바로 그런 체험을 다음과 같이 표현했습니다.

영혼의 밑바닥,
영혼의 가장 깊은 곳에서 일어나는
새로운 탄생 속에서
하느님은 빛으로,
영혼 속에 쏟아져 들어오십니다.

하느님의 빛은

영혼의 힘으로,

외적인 인간 안으로

쏟아져 들어와 넘쳐흐릅니다.[47]

4월 20일

하느님이

얼마나 나직하게

거의 눈치 채지도 못할 정도로

내 안에 나타나는지

나는 항상 놀랍다.

내가 그토록 오랫동안

그리워했던 하느님,

아주 낯설어진 하느님을

나는 그 사이에 두려워했다.

낮 열두 시쯤 되자 어둠이 온 땅을 덮어 오후 세 시까지 계속되었다. 태양마저 빛을 잃었던 것이다. 그때 성전 휘장 한가운데가 찢어지며 두 폭으로 갈라졌다.

누가 복음 23장 44절 이하

이 일은 아침 해가 뜨기 전에 일어났어. 아주 격렬했어. 그때 그 일은 나를 잡아당기고 찢어 버렸어. 싸움이 있었어. 고통과 절망, 그리고 어둠이 있었어. 이제 태양이 떠오르고 하늘에서는 달이 빛나고 있어. 그냥 그렇게 당연하다는 듯이.

"내게는 부족함이 없고,
나는 당신 안에서 보호받고 있음을 느낍니다."

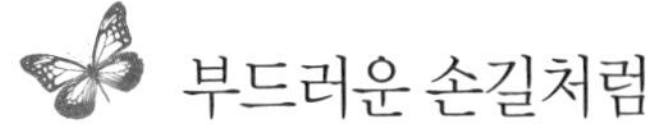 # 부드러운 손길처럼

하느님이 당신 안에서 태어나면, 당신은 부드러운 손길이 닿는 듯한 느낌일 것입니다. 당신은 보호받고 있음을 느끼고, 그분의 조용하고 겸손한 현존을 체험함으로써 평화로워질 것입니다. 이제 조용히 바람의 속삭임에 귀를 기울일 때가 되었습니다. 그 속에서 그분의 현존을 느낄 수 있을 것입니다.

다시 음성이 들려왔다. "앞으로 나가서 야훼 앞에 있는 산 위에 서 있거라." 그리고 야훼께서 지나가시는데 크고 강한 바람 한줄기가 일어 산을 뒤흔들고 야훼 앞에 있는 바위를 산산조각 내었다. 그러나 야훼께서는 바람 가운데 계시지 않았다. 바람이 지나간 다음에 지진이 일어났다. 그러나 야훼께서는 지진 가운데도 계시지 않았다. 지진 다음에 불이 일어났다. 그러나 야훼께서는 불길 가운데도 계시지 않았다. 불길이 지나간 다음 조용하고 여린 소기가 들려왔다. 엘리야는 목소리를 듣고 겉옷자락으로 얼굴을 가리우고 동굴 어귀로 나와 섰다. 그러자 그에게 한 소리가 들려왔다. "엘리야야, 네가 여기에서 무엇을 하고 있느냐?"

4월 22일

분명히 알고 있어야 했는데. 하느님은 폭풍이 몰아칠 때 오시는 것이 아니라 살랑거리는 바람으로 오심을.

벌레들이 지칠 줄 모르고 윙윙거립니다. 그동안 새들의 노랫소리가 잦아듭니다. 벌써 몇 주 전부터 작은 모기들이 떼 지어 날아다니는 소리를 많은 사람들이 듣고 있습니다. 모기 한 마리 한 마리가 파닥이는 날갯짓으로 무슨 말인가를 전하려는 것일지도 모릅니다. 한마디로 말하자면 적막한

봄의 조용한 한편에서 벌레들의 날갯짓만큼 나를 사로잡는
음악은 어디에도 없습니다.[48]

따뜻한 날이야. 어디서나 나비들이 폴폴 날아다니는 모습
을 볼 수 있어. 지극히 일상적인 풍경이지. 나는 나비들을
기쁜 마음으로 바라보고 있어.

당신을 하느님께 맡기십시오 

이제 부활절은 당신을 위한 것입니다. 부활절은 하느님의 아름다운 불길을 만끽하는 감정이 아닙니다. 옛 부활절 노래처럼 땅 위를 가득 채우는 기쁨도 아니고, 지옥의 깊고 깊은 바닥을 갈아 부수는 기쁨도 아닙니다. 당신을 환희 속으로 데려다 주는 불타는 아침놀도 아닙니다. 부활절은 당신이 느끼고 있고, 당신 안에 떠오르는 아침놀과 비교할 수 있습니다. 부활절은 조용하고, 다정다감한 움직임입니다. 마음 깊이 느끼는 고요한 기쁨이고, 가슴 깊은 곳에서 우러나는 감사하는 마음입니다. 부활절은 순간에 머무는 것이며, 느긋함이고, 하느님을 한없이 신뢰하는 것입니다. 당신은 그 속에서 평화를 발견할 수 있습니다. 모든 얼굴, 일그러진 상들, 모든 광기, 모든 사랑의 노래, 모든 상처들, 모든 그리움과 절망이 이런 알 수 없는 깊이 속에 자리 잡고 있습니다. 당신은 그 안으로 이 모든 것을 가라앉힐 수 있고, 그곳에서 모든 것은 태어납니다.

부활절 저녁 독서에서 바오로는 이런 가르침을 줍니다.

우리가 그리스도와 같이 죽어서 그분과 하나가 되었으니 그리스도와 같이 다시 살아나서 또한 그분과 하나가 될 것입니다.

로마서 6장 5절

끝을 알 수 없는 깊은 곳에서, 하느님 안에서 모든 것이 하나가 되고, 모든 것이 만납니다. 그곳에서 당신은 본질적인 것과 만납니다. 그리고 그때 당신과 하느님을 묶어 주는 것의 공통분모를 만나게 될 것입니다.

4월 23일

앙트완은 잔디에 미로를 다시 만들었고, 나는 그 미로를 돌아다녔어. 조셉 캄펠의 말처럼 우리가 가야 하는 모험의 길을 우리는 '혼자 걸어갈' 필요는 없어. 우리 앞에 많은 사람들이 이런 미로를 통과했어. 미로의 통로는 알려져 있으니까 우리를 앞서 간 사람들이 남겨 놓은 실을 따라가기만 하면 돼. 이렇게 하다 보면 결국 우리는 존재의 중심에 도달할 수 있는 거야.

이렇게 우리는 우리의 고향으로 돌아올 수 있어. 우리가 도착해야만 하는 곳에 도착한 거야. 나는 다시 발아래에서 바닥을 느껴. 그것은 우리의 밑바닥이야. 우리에게 친숙한 밑바닥. 잃어버렸다고 믿었던 것을 우리는 다시 찾았어. 그렇지만 그것은 우리의 고향이었던 장소나 한 뙈기의 땅도 아니야. 우리가 되찾은 것은 우리 안에서 고향을 발견했다는, 우리 자신에게 도착했다는 확신이야. 무한한 기쁨이지. 우리가 동경한 장소에 도착한 거야. 우리의 영혼이 우리에게 춤을 추자고 권하고 있어. 이제 새로운 삶이 시작되고 있어.

비가 오고 있어. 숲에서 비 냄새가 나. 작은 새 한 마리가 겨울 정원에서 길을 잃었어. 지칠 대로 지쳐서 벌벌 떨며 땅에 앉아 있어. 다니엘라가 작은 새를 아주 조심스럽게 잡아

분수에 앉혀 놓았어. 날아갈까? 우리는 창가에서 새를 관찰
하고 있었어. 아직 새는 그 자리에 앉아 있어. 그때 다른 새
가 날아오자 우리의 새는 하늘로 날아갔어. 오늘은 부활절
이야.

9장 하느님은 당신 안에 있습니다

내가 영원히 가지고 있지만,
알지 못하는 모든 것을
나는 지금 가지고 있습니다.
이 보물은 하느님의 나라입니다.
시간, 다양한 일들, 인간의 일이
하느님의 나라를 숨겨 놓았습니다.
이런저런 일들과
이별하면 할수록
자신 안에서
하느님의 나라를
더 많이 발견할 수 있습니다.[49]

마이스터 에크하르트

당신 안에 하느님 나라를 가지고 계십시오 

하느님의 나라를 당신 밖에서 더 이상 찾지 마십시오. 당신은 이미 당신 안에서 하느님 나라를 찾았습니다. 하느님 나라의 축복을 받은 당신은 이제 당신 밖에서도 하느님의 나라를 발견할 수 있고, 하느님 나라를 실현시키는 데 일조할 수 있습니다.

내면의 하느님을 찾는 것은,
자신의 깊은 곳으로
가장 내면으로 내려가
그곳에서 주님을 찾는다는 의미입니다.
하느님께서도 우리에게 말씀하셨습니다.

하느님의 나라,

그것은 너희 안에 있다고

하느님의 나라를,

풍요로운 하느님이 계시는 하느님의 나라를

발견하고자 하는 사람은

그분이 계신 곳을 찾아야만 합니다.

즉, 내면의 가장 깊은 곳을 찾아야만 합니다.

그곳에서 하느님은 그분 자신보다

인간에게 좀 더 가깝고,

내적으로 좀 더 친숙하십니다.[50]

4월 24일

카타리나가 황홀경에 빠져 춤을 추고 있어. 그녀는 저녁 요가 시간을 고대하는 특수학교 교사지. 그리고 몸과 마음이 균형 잡힌 듯한 인상을 주는 사람이야. 하루하루를 자유롭게 산책하며 살아가는 일관성 있는 피에르, 재미있는 놀이를 하면서 살고 있는 아이들, 애벌레 상태를 벗어나날 수 있는 나비들. 이들 모두가 나의 숨겨진 정원과 나의 이루어지지 않았지만 이루어질 수 있는 동경들을 일깨우고 있어.

나는 감춰져 있는 나의 정원으로 들어가는 입구를 발견했어. 내 안에 이런 정원이 있다는 사실만 안 것은 아니야. 나는 이 정원을 방문할 수 있고, 실제 정원을 찾고 있어. 늘 다시 찾아가고는 하지. 그곳은 내 안에 있어. 아주 깊은 곳에. 나는 그곳을 내 눈앞에서 보고 있어. 아니야. 나는 정원에 대한 느낌을 내 안에 가지고 있어. 정원, 정원에 대한 이미지는 내가 다시 혹은 처음으로 발견했던 내 안의 공간에 대한 상징이야. 내가 지금까지 다른 곳에서 자주 찾았던 곳이 나의 내면에 있다는 사실을 알고 있어. 그곳에서 나오는 소리를 들을 수 있을 때 나는 더욱 채워진 느낌일거고 내 안에 무엇이 부족한지도 알게 될 거야.

내가 내면의 목소리를 좇을지 혹은 밖에서 들려오는 속삭임에 귀를 기울일지 그것은 전적으로 나에게 달려 있어. 내면의 목소리를 따른다면 나의 삶은 의미로 넘쳐날 것이고, 행복해 질 거야. 내가 다른 목소리에 귀를 기울이면 그

목소리는 나를 내 정원에서, 내면에서 나 자신으로부터 멀
어지도록 만들 거야.

있는 그대로의 당신을 받아들이십시오 

피에르 슈투츠는 위기란 하느님이 내 안에 새롭게 태어날 기회라고 말합니다. 위기는 자기를 인식하고 느긋하게 살라는 도전이며, 자신의 심연으로 내려가는 결정을 하도록 하는 도전입니다. 요한네스 타울러는 한 편지에서 이렇게 쓰고 있습니다.

여유를 가지라는 당신의 격려가 왜 나를 그토록 자극했고, 그렇게 사로잡았는지 이제야 알겠습니다. 내 인생에서, 나의 일에서, 사람들과의 관계에서 완전히 새로운 태도가 문제인 것입니다. 내가 가장 소망하는 것이 무엇인가가 중요합니다. 지금 있는 그대로의 모든 것은 물론 살면서 겪었던 모든 어려움과 함께 나 자신을 받아들이는 것입니다. 깊은 심연으로 하강함으로써 나는 나 자신과 멀어졌습니다. 그 안에 피에르 떼이야르 드 샤르뎅이 말한 큰 희망이 감추어져 있습니다. '더 이상 길이 없었습니다. 그래서 연구를 중단했습니다. 그때 나의 발치에 놓여 있는 깊이를 알 수 없는 심연을 보았습니다. 내가 감히 인생이라고 말하는 강물이, 알 수 없는 강줄기의 근원이 바로 이 심연에서부터 흘러나왔습니다. 나는 이 강물을 다시 발견하고자 합니다. 그리고 기쁨, 행복, 평화와 같은 좋은 감정들만이 나를 그쪽으로 인도하리라는 환상도 버리고자 합니다. 인생의 역설과 마주서 있는 사람이 진정한 인간입니다. 그런 사람은 맹목적이거나 피상적이지도 않습니다. 당신은 '불화 속에서 평화'를 찾고, '슬픔 속에서 기쁨'을, 정신없이 변화하는 일상 속에서 느긋함을, 괴로움 속에서 위안을 찾고자 합니다.[51]

4월 24일

내 앞에 아뢰스의 협곡이 펼쳐지고 있어. 기적 같아. 나도 모르게 탄성을 지르고 있어. 이런 경이로운 감정을 느낀 적이 언제였는지? 나의 심연에 지금까지 감추어져 있다가 이제 다시 발견된 정원에서 나의 탄성이 터져 나오고 있어. 새로운 인생이 모습을 드러내는 나의 심연에서부터 탄성이 새어 나오고 있어. 나의 탄성은 아침 해가 떠오르듯이 하느님이 나타나는 심연으로부터 나오고 있어. 그것은 하느님이 인간이 되었고, 하느님이 내 안에서 살아오심을, 내가 죽는 순간까지 경탄하게 만들 서광이야.

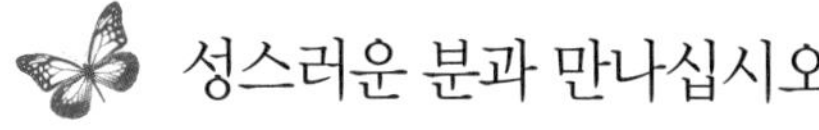

성스러운 분과 만나십시오

성스러운 존재, 완전한 다른 존재이신 하느님을 경험한다는 것, 그분의 손길을 느낀다는 것이 무슨 의미인지 당신은 이제 알 수 있습니다. 당신의 숨겨진 정원은 하느님의 근원이고, 그 속에서 당신은 무無와 마주치게 됩니다. 당신이 발견했고, 당신에게 이제 '지극히 살아 있는' 감정이 된 것은 '머리로 알 수 있는 모든 것과 대립되는 것, 본질적으로 완전히 다른 것' 입니다.[52] 당신은 신성한 존재와의 만남을 종교적으로 노래한 요한네스 폼 크로이츠와 같은 느낌을 가질 수도 있습니다.

나의 연인, 산들,

수풀이 우거진 적막한 계곡들,

낯선 섬들,

아름다운 소리를 내는 강물들,

매혹적인 대기의 휘파람!

아주 평화로운 밤,

아침 해가 벌써 동터 오고,

숨죽인 음악,

공명하는 고독,

생기를 북돋우는 매력적인 만찬.[53]

4월 26일

아침 해가 떠오르고 있어. 더없이 아름다운 광경이야. 온통 주홍빛으로 떠오르던 태양은 금세 밝게 빛나고 있어. 반쪽으로 사윈 달은 밝아오는 태양빛이 강해 질수록 창백해 지고 있어. 창백해 진 달은 내 영혼의 상징일 수 있어. 내 안의 공간, 숨겨진 정원에 대한 상징이야. 이 공간은 내 안에서 희미하고 무색을 띠고 있으면서, 내가 갈망하는 안정감도,

생기 있음도, 선물하거나 중계하지 않지. 그것은 결코 밤을 비춰 주는 달빛도 아니고, 곧 떠오를 태양도 아니야.

그러면 나는 내 안에서 슬픔을 느끼고, 그냥 슬픔에 나를 맡겨. 슬픔이 나를 보다 더 깊이 이끌어 주리라는 믿음을 가지고 말이야. 그리고 창백한 달이 내 안에서 다시 생기를 얻고, 따뜻한 빛을 주변에 뿌리고, 희망과 신뢰를 가져다줄 수 있으리라 확신하면서 말이야. 늦어도 나의 영혼의 작은 불꽃이 다시 나의 태양과 만나고 내 안의 신성이 다시 나타나 모습을 드러내고, 몸을 일으켜 세울 때가 되면 그렇게 될 거야. 나는 참을성 있게 기다리고 기다릴 수밖에 없어. 나는 창백한 달 속에, 나의 슬픔 속에, 내 안에 신적인 것, 하느님이 현존하심을 알고 있어.

고요해 지십시오

이제 고요해 질 시간입니다. 하느님을 사랑하는 소리는 시
끄럽지 않습니다. 여기, 지금 하느님의 현존을 예감하고, 느
끼기 위해 침묵해야 합니다.

영적인 사람이란…
하느님의 흔적을 발견하기 위해
존재하는 것을 지각하려고 매일 연습하는 사람입니다.
그러므로 더욱더 사랑할 수 있기 위해,
더 관대해 지고,
더 큰 연대감을 가지고
상대와 더 깊이 공감하기 위해
모든 일을 했는지 우선 나 자신에게 묻기보다는

오히려 지금 그대로의 것을 받아들이는 것을 배운다면
나는 선한 존재가 될 수 있습니다.
이렇게 되기 위해 침묵의 순간, 모든 것을 중단하는 순간,
산책의 순간, 존재의 순간이 필요합니다.
왜냐하면 본질적인 것은 내 안에 있기 때문입니다.
모든 나의 질문에 대한 대답은 내 안에 있습니다.
하느님은 내 안에 있습니다.
오로지 여기, 그리고 지금 체험할 수 있습니다.[54]

4월 26일

만남을, 그런 교환을 실제 체험하지 않았다는 것은 유감스
러워. 이 순간, 이 시간 혹은 현재의 1분 1초에 있지 않다는
것은 유감스러운 일이야. 나는 이런 대화를 오늘 즐겼지만
실제 즐기지 않았음을 유감스러워하는 경향이 있음을 깨닫
고 있어. 나는 실제, 현재 일어나고 있는 일 속에 있지 않고
일어났던 과거의 일 속에 있음을 알았어. 순간이 가장 중요
함을 받아들이고, 보는 시간이야. 현재를 놓친 것을 유감스

러워하는 감정은 나에게 일말의 도움도 되지 않아. 그래서 지금 나는 모든 감각을 동원해 현재에 살고 있어. 내가 여기, 지금 글을 쓰고 있는 이 순간을 진지하게 받아들이면서 완벽하게 존재하고 있어. 그리고 방 안을 둘러보면서 내가 어떻게 글을 쓰고 있는지 기록하고 있어. 나는 글을 쓰고 또 써. 인생이란 실제 이렇게 단순해. 삶이란 언제나 단지 순간일 뿐, 바로 지금 이 순간일 뿐이야.

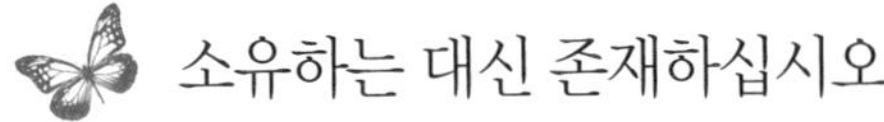

소유하는 대신 존재하십시오

당신이 하느님을 심연에서 만났을 때, 있는 그대로 존재하는 것이 당신을 감동시킬 것입니다. 당신은 더 이상 무엇인가를 해야 하고 성과를 내야 한다는 느낌에 쫓기지 않을 것입니다. 존재하는 것은 소유하는 것보다 중요합니다. 피에르 슈투츠는 요한네스 폼 크로이츠에게 보내는 편지에게 이렇게 쓰고 있습니다.

당신은 사람들에게 많은 요구를 하고 있습니다. 잘못된 예속에서 벗어나라고 하고, 자신의 발로 본질적인 것을 발견하기 위해 어린아이 같은 신앙의 신발을 벗어 버리라고 말합니다.

나를 마주 보는 일은 정말 힘듭니다. 그래서 종종 나를 속일 위험이 있습니다. 당신의 길은 내가 전능하다는 환상에서 벗어나 나에게 나 자신의 한계를 마주하고 설 용기를 북돋아 줍니다. 나는 벌써 오래 전에 당신을 이해해야 했습니다. 당신의 실천은 인간의 해방이 중요함을 보여 줍니다. 당신은 비유와 상징으로 그것에 대해 분명하게 말씀하고 있습니다. 소유의 삶을 사는 사람은 결코 자기 자신이 될 수 없습니다. 또한 아주 작은, 눈에 보이지 않는 고정 관념 조차도 익숙한 것을 버리지 못하도록 방해합니다. '이것은 한 마리 새가 굵은 실 대신 가는 실에 묶여 있는 것과 같습니다. 가는 실도 굵은 실과 마찬가지로 날아가기 위해 새가 그 실을 끊지 않는 이상 새를 단단히 붙잡고 있습니다. 가는 실은 끊어질 수 있습니다. 그렇지만 그것이 아무리 쉽다 할지라도 실을 끊지 않으면 날아갈 수 없습니다.'[55]

4월 27일

나비는 아무 대가도 요구하지 않아. 나비의 신비한 색채, 유희하는 날갯짓, 소리 없는 우아함은 자연의 선물이야. 아무리 부유한 남자도 대기의 요정인 나비를 살 수 없어. 기껏해야 생명 없는 껍데기를 유리 상자에 박제해 둘 수 있을 뿐이야.

노랑나비는 11개월을 살아. 하지만 그동안 동면의 시간을 견뎌야 해. 토종나비 중 가장 오래 살지. 여름이 되어서야 옷을 벗는 토종나비들은 보통 3주내지 5주를 살 수 있어. 그에 반해 나무좀벌레는 불과 며칠 밖에 살 수 없어. 그들은 주둥이가 없이 태어나기 때문에 양분을 섭취할 수 없지. 심지어 자루 거미의 수놈은 불과 몇 시간 밖에 살지 못해.[56]

오늘 다시 나비들이 찾아왔어. 두 마리의 노란 줄무늬 나방이 내 앞에서 나풀나풀 춤을 추며 서로를 애무하고 있어. 굴뚝나비가 내 눈 바로 앞에서 날고 있어. 덕분에 나는 더듬이와 다리를 또렷이 볼 수 있었어. 그리고 몇 마리의 흰배추나비들도 만났어.

나비들이 소리를 낼 수 있다고 믿는 사람은 거의 없다. 그러나 어떤 나비들은 소리를 낼 수 있다. 해골나방은 흥분

할 때나 서로 부딪힐 때 귀에 들릴 정도로 휘파람 소리를
낸다.[57]

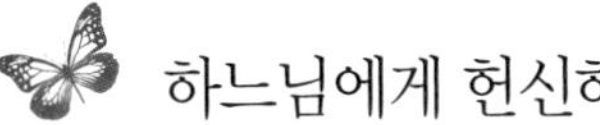# 하느님에게 헌신하십시오

만약에 당신이 하느님께 헌신한다면, 당신은 자신이 누구인지, 즉 당신의 정체성을 발견할 것입니다. 그것은 토마스 머튼을 비롯해 명상의 길을 갔던 많은 사람들이 깨달은 바입니다. 완전히 놓아 버림으로써 자신을 실현하는 것을 말합니다.

만약에 진실한 당신과 만나고 싶고, 당신 자신을 실현시키고 싶다면, 앞을 보지 말고 당신 자신보다 더 위대한 분인 하느님께 헌신하십시오. 그러면 당신은, 결국 당신이 결코 가능하다고 생각하지 않았던 방법으로 당신을 체험하고 알 수 있을 것입니다.

4월 28일

나는 나 자신이고, 나 자신일 수 있어. 그리고 나는 가장 깊은 곳에 있는 존재이고, 또 그렇게 될 거야. 나의 모든 불합리와 나의 모순, 나의 강점과 약점, 모든 나의 동경과 욕망과 함께. 모든 것은 나에게 속해 있어. 모든 것은 열매를 맺을 거야. 그러면 나는 점점 더 있는 그대로의 존재가 될 수 있어.

밑바닥으로 간다는 의미는 점점 더 나의 근원으로 내려간다는 의미야. 그것도 과격하게 말이야. 정말 뿌리까지 내려간다는 의미야. 나의 모든 불안과 모든 나의 동경, 모든 나의 분열을 나의 하느님께 흘러 들어가도록 한다는 의미야. 모든 것을 허용하면서 하느님께 헌신하면서 모든 것을 놔 버린다는 의미야. 밑바닥으로 내려간다는 의미는 하느님 앞에 나를 다시 내던지고 하느님에게 어떤 조건이나 이의를 제기하지 않고 막무가내로 나를 맡긴다는 의미야. 하느님 그분이 바로 그 이유야. 이제 모든 것은 내 안에서 없어지고 있어. 나는 자유로워. 나는 하느님의 이끄심에 나를 맡길 준비가 되어 있어. 나는 두 팔을 벌려 하느님을 초대

해. 일어나야 할 일은 일어나고 일어나야만 해. 나와 함께
이든 아니든.

"당신의 뜻이 하늘에서와 같이 땅에서도 이루어지소서."

당신을 가볍게 받아들이세요 

잉그리트 리델은 자신의 저서 『변화의 천사』에서 위기의 의미에 대해 '우리 안의 천사'와 연결해 아주 아름답게 표현하고 있습니다. 체스터톤은 『왜 천사는 날개를 가지고 있을까?』라고 그의 소설에서 질문하고 '자신을 가볍게 받아들이기 위해서'라고 대답합니다.

우리 자신의 '천사의 희망', 즉 우리 자신 안에서 자라나는 천사의 희망만이 위기를 견딜 수 있게 합니다. 우리 안에서 천사의 존재가 자신의 모습을 드러내는 것을 예상하거나 우리의 천사되기를 고려했을 때 희망이 우리를 찾아올 수 있습니다. 우리가 천사에 대해 생각하면서 지나치게 과대포장된다면 우리의 천사의 상은 날개를 접거나 의자에서 떨어질 지도 모릅니다. 오히려 우리 안의 천사가 모습을 드러내길 바라는 희망의 밀물과 썰물을 잘 따라가는 것이 중요합니다. 우리가 천사처럼 날려고 하면서도 자기비판과 자기역설에 마음을 열고, 그러면서도 천사의 희망을 계속 받아들인다면, 천사의 희망이 우리를 파멸시킬 위험이 있다면, '천사의 위기'는 분명 누구도 변화시킬 수 없는 그런 큰 위기는 아닙니다.[58]

4월 30일

태양이 나에게 인사를 건네고 있습니다.

나는 하느님이

나에게 선사했던 작은 천사를

그리워하면서 하느님을 느낍니다.

그러면 지상으로 추락한

위대한 천사는 다시 날기를 배웁니다.

오, 비둘기처럼 날아갈 수 있으면 좋으련만.

에드가 시편 55장 개작시

10장 하느님은 내 희망의 이유이십니다

심연으로 내려간다는 말을
우리는 읽었지.
그 후 세월이 흐르고 말들이 오고 갔지.
우리는 여전히 그래.

알다시피 공간은 무한하잖아.
있잖아, 너 하늘을 날 필요가 없어.
너의 눈에 씌어진 것이
우리의 깊이를 깊게 하고 있어.[59]

파울 첼란

주여, 내 곁에 머물러 주십시오 

자신의 가장 깊은 곳으로 내려갈 때까지, 당신은 삶의 한가운데서 죽음에 둘러싸여 있을 것입니다. 죽음은 당신 가까이 있습니다. 여하튼 죽음은 두려워해야 할 대상은 아닙니다. 그것은 그저 현실일 뿐입니다. 당신의 현실일 뿐입니다. 테오도르 베르너의 글은 죽음이 우리의 현실임을 전하고 있습니다.

해 저물어 날이 이미 어두우니 주여 나와 함께 하소서.
밤이 찾아오고 어둠이 내립니다.
내가 어디서 위로를 찾을지,
나의 하느님, 당신은 이곳에 계시지 않는 건지.
의지할 데 없는 자를 도우소서, 주여 내 곁에 머무소서.

얼마나 빨리 하루가 흐르고 인생이 퇴색하는지

쾌락은 서서히 그 빛을 잃고,

세상의 평판은 힘을 잃고 있습니다.

우리는 추락과 변화에 둘러싸여 살고 있습니다.

그러나 당신은 변화를 모릅니다.

주여 내 곁에 머무소서.

당신의 손이 나를 이끈다면 나는 고통을 두려워하지 않으며,

불행과 그 어떤 쓰라린 슬픔도 모릅니다.

죽음이 뭐란 말입니까. 당신이 나의 방패요, 휘장입니까?

죽음의 가시를 빼 주소서. 주여 내 곁에 머무소서.

나의 눈이 방향을 바꾸면

당신의 십자가를 내 눈앞에 들이대소서.

죽음의 어둠 속에서 당신은 나의 빛이십니다.

날이 밝아 오면서 그림자들은 도망하고,

나는 당신에게로 갑니다.

삶에서든지 죽음에서든지 주여 내 곁에 머무소서.[60]

5월 1일

하느님이 나의 가까이 있다고 느낄 때 삶과 죽음 사이의 거리가 줄어들어. 그때 죽음은 갑작스런 단절이나 추락이 더 이상 아니야. 하느님은 죽음과 삶을 연결시키는 분이야. 그분은 삶 속에도 현존하시고 죽음 속에도 현존하셔. 내가 살아 있느냐 죽었느냐는 중요한 문제가 아니야. 하느님이 계신다는 것, 그분의 현존하심이 중요하지. 내가 하느님의 손길을 느낄 수 있다는 것이 중요해.

사실 자기 자신을 버리는 것, 불확실한 어떤 일을 해야 하는 것, 나를 안전하게 지켜 주는 모든 것을 버리고 작은 걸음을 내딛는 것은 두려운 일입니다. 그런데 단 한번이라도 자신을 전적으로 헌신하고 무한한 신뢰를 바쳐 본 사람은 그리고 자신의 운명에 자신을 완전히 맡겨 본 사람은 자유롭습니다. 그는 더 이상 지상의 법에 얽매이지 않으며, 우주 공간으로 추락해 계율의 윤무를 함께 춥니다.

그들은 오직 죽음과 안식을 갈망했고, 오로지 하느님께 돌아가 하느님 안에 머물고자 했습니다. 이런 목표는 불안을 만들었습니다. 왜냐하면 그것은 착각이기 때문입니다. 안식이란 없었습니다! 단지 영원한, 성스러운 멋진 들숨과 날숨, 만들기와 해체하기, 탄생과 죽음, 떠남과 귀환, 휴식 없음, 끝없음만이 있을 뿐입니다. 그 때문에 단지 한 가지 기술, 한 가지 가르침, 오직 한 가지 비밀만이 있습니다. 자신을 버리는 것, 하느님의 뜻에 거역하지 않는 것, 아무것에도 집착하지 않는 것, 선을 붙들지도 악에 매달리지도 않는 것. 그러면 구원되고 고통과 근심으로부터 해방됩니다. 단지 그런 다음에 말입니다.[61]

거듭 당신의 가장 깊은 곳으로 내려가세요 

테레자 폰 아빌라는 그녀의 저서 『내면의 성』에서 나비로 변태하는 애벌레에 관해 말하면서, 나비의 변태를 우리 안에 있는 변신에 대한 근원적인 소망이라고 말했습니다. 하지만 그녀가 나비 역시 '쉼 없이' 날개를 팔락거리고 있다고 담담하게 설명할 때 나는 크게 놀라며 현실로 돌아왔습니다.[62]

당신이 벌써 당신의 근원으로 내려갔다고 해도 그것은 당신이 흔들리지 않고 그곳에 영원히 안착되어 있다는 의미는 아닙니다. 또한 영원히 바닥을, 근원을 당신 발아래에서 느낀다는 의미도 아닙니다. 밑바닥으로 내려갔을 때 당신은 장차 당신의 인생을 각인할 깊은 경험을 하게 될 것입니다.

하지만 동시에 예전의 힘과 노력, 그리고 욕구가 다시 등장하여 영향력을 행사하고, 당신을 규정하고자 할 것입니다. 그런 과거의 것들이 너무 강력해 져서 밑바닥으로 내려가는 당신의 경험을 밀쳐 내지 못하도록 조심하고 신경 써야 할 것입니다. 의미 있는 일, 본질적이고 중요한 일을 가꾸고 배양하는 영적인 실습이 당신에게 도움이 될 것입니다. 규칙적인 명상을 예로 들 수 있습니다. 명상을 통해 당신은 밑바닥으로 내려가는 당신의 경험을 퇴색시키지 않고, 생생하게 유지할 수 있습니다. 명상은 또한 나비가 당신 안에서 쉬지 않고 훨훨 날아다닐 때, 당신을 받쳐 주는 당신 안의 장소와 만날 수 있도록 도와줄 것입니다.

5월 7일

다시 집이야. 나비는 어디에나 있어. 정원에 숲에, 타임지와 일요신문의 지면에. 다시 일상으로 돌아왔어. 나비의 웃음소리를 듣는 것은 어려워. 나비의 웃음소리를 듣고 싶은 마음이 점점 커지고 있어. 모든 것은 단지 상상에 지나지 않을까? 나비의 웃음소리를 들었다고 말했을 때 그것은 착각이었나? 아니야! 무슨 일인가가 일어났어. 결정적인 일이 일어났어. 변신. 변신이 일어났어. 변신은 다시 되돌릴 수도 없어. 하지만 이 순간 변신은 다른 법칙에 따라 움직이는 현실과 여전히 물어뜯으며 싸우고 있어. 자연스러운 일일 따름이지. 아직 시간이 필요하거든.

5월 12일

여름이 오고 있어. 사방에서 나비들을 볼 수 있어. 크고 작은 나비들. 하얀 나비, 알록달록한 나비. 나는 나비들을 볼 때마다 항상 기뻐. 나비들은 그들의 웃음소리를 듣고 싶은 갈망을 일깨우고 있어. 동경의 시간이 내 안 깊은 곳에서 깨어나고 있어. 이루어진 나의 갈망이 나에게 말을 하고 있어. 나비들은 나에게 작지만 분명하게 소리를 지르고 있어. "그저 사는 거야. 오늘, 지금을. 태양이 네 위에서 빛나고 있는 한 사는 거야, 사랑하는 거야." 나비들은 "사는 거야, 사랑하는 거야."라고 이어서 외친다. 아니면 나비들이 단지 "살아라.”라고 한마디 외쳤을까? 잘 모르겠어.

“살아라, 사랑하라. 그러면 나머지 모든 것은 저절로 이루
어지리라.”

나비처럼 자유롭게

물리적인 육체란, 우리가 죽음이라고 말하는 그런 변화에 자신을 넘겨 줄 때까지 일정 기간 동안만 우리가 살고 있는 집이거나 사원 혹은 흔히 말하듯 고치에 불과하다는 것을 깨닫기 시작한 사람들이 많이 있습니다. 그리고 죽음이 닥치면 곧 우리는 고치에서 빠져나와 나비처럼 자유롭게 날아다닙니다.[63]

나의 진정한 정체성은 확고부동한 실체가 아니라 과정이라는 것을 깨닫기 시작할 때, 나는 놀라운 공空의 언저리에, 멋진 자유에 접근한 것입니다.[64]

8월 6일

어두운 밤하늘을 가득 채운 새벽 별들, 세상을 기쁨으로 가
득 채우네. 예수, 나의 예수여. 들어오십시오. 나의 가슴에
보석함을 비춰 주십시오.

엔젤러스 시레시우스

나는 언제나 작은 나비들을 만나고 있어. 나비 웃음을 듣고
싶어 하는 나의 동경을 일깨워 주는 나비들이지. 나는 이런
동경과 먼 거리를 두고 있지만, 그러면서도 내 안에서 이보
다 더 강렬하게 그런 동경을 느낀 적은 없어.

당신은 변했습니다

어두운 밤을 이겨 내고 밑바닥으로 내려갈 시간입니다. 당신은 이 순간을 잘 견뎌 내고 끝까지 짊어지고 가야합니다. 참고 이겨 내면 큰 이익을 얻을 것입니다. 그 순간에 도달하면 당신을 온통 뒤흔들었던 근심, 불안, 절망이 뒤로 물러나고 있음을 당신은 경험할 것입니다. 근심, 불안, 절망 같은 감정은 당신이 들어갔던 심연 속에 수용될 것입니다. 당신이 이런 감정을 느끼는 것은 중요합니다. 왜냐하면 이런 감정은 좁고 힘든 많은 장소를 지나 당신을 심연으로 이끌 것이기 때문입니다.

그때 옥좌에 앉으신 분이 "보아라, 내가 모든 것을 새롭게 만든다." 하고 말씀하신 뒤 다시금 "기록 하여라, 이 말은 확실하고 참된 말이다." 하고 말씀하셨습니다.

요한묵시록 21장 5절

당신이 밑바닥으로 내려간다면 당신이 모든 것을 새롭게 보는 순간을 언젠가 맞을 수 있습니다. 당신은 모든 것을 다른 눈으로 보게 될 것입니다. 영원을 들여다보는 사람의 경험으로 모든 것을 보게 될 것입니다. 당신이 본 것이 그대로 좋다는 느낌이 당신 안에 생겨날 것입니다. 당신은 모든 것을 이전에 수백 번 봤을 수도 있습니다. 이웃에 있는 집들과 나무들, 그 위의 하늘 등등 이제 당신은 그 모든 것을 새롭게 봅니다. 그것들은 변하지 않았습니다. 당신이 변한 것입니다. 당신 안에서 아래로 내려가는 움직임이 생겼습니다. 서로 속한 것이 당신 안에서 함께 성장했습니다. 그리고 이전에 흩어져 있던 것, 당신을 갈기갈기 찢어 놓았던 것들이 나타났고, 화해를 했습니다. 당신은 자신 안에 자신의 본질을 결정하는 중심이, 신뢰할 수 있는 바닥이 있음을 느낍니다. 이런 순간에 당신은 기쁨과 안정, 느긋함이 당신 안에 번져가고 있음을 느끼고 놀랄 것입니다. 그리고 당신이 대

체 무슨 선물을 받았는지 거의 깨닫지 못하면서 영혼의 깊
은 곳으로부터 감사의 마음을 느낄 것입니다.

11월 16일

늦가을

이른 아침

새가 노래한다면,

당신 안에서

봄이

시작되고 있다는

느낌이 생겨난다면,

당신은 나비 웃음소리를

들을 수 있을 것입니다.

두려움을 극복하라

당신이 자신의 근원에 닿았다고 할지라도 당신은 새로운 위기에 직면할 가능성이 있습니다. 그 순간에도 새삼 불안, 어두움, 근심을 경험할 것입니다. 동시에 당신은 누구도 빼앗아 갈 수 없는 경험을 할 것입니다. 당신은 근심과 어두움의 한가운데서 위대하고 강력한 그분과 결합되었다는 경험 또한 할 것입니다.

그가 경험한 은총은 다시 빛을 발했고, 계속 영향을 끼쳤다. 성서의 말씀이 떠올랐고, 은총을 입은 경건한 사람과 성자들에 대해 알고 있는 모든 것이 떠올랐다. 모든 것에도 불구하고 항상 그렇게 시작되었다. 전향과 깨달음의 시간이 올 때까지 그들은 그 사람처럼 두려움에 떨면서, 몸을 사리면서 험난하고 어두운 길을 갔다. 예수님은 "너희들의 근심은 세상 속에 있다."라고 말씀하셨다. 그러나 두려움을 극복한 사람은 더 이상 세상이 아닌 하느님 속에, 영원 속에 살았다.[65)

1년 뒤

성금요일이야. 나는 꼭두새벽에 그리스도를 못 박은 골고다 언덕을 본떠 만든, 순례자를 위한 언덕을 올라가고 있어. 아직은 어둠이 걷히지 않았어. 언덕에 도착하니 세 개의 십자가가 가지만 앙상한 나무에 둘러싸여 하늘을 찌를 듯 서 있어. 보름달만 빛나고 있어. 보름달은 밤하늘의 해인 양 그렇게 맑을 수가 없어.

> 그는 달빛 속에서 두려움 없이
> 밤을 발견하리라.

달빛 속에서 두려움 없이 밤을 발견하는 것은 단순하지만, 평생 걸릴 수도 있어. 하지만 그럴 수 있으면 머리는 물론 내면 깊은 곳도 맑아져. 그저 밤에 불과해. 바로 그 순간 밤을 상징하는 모든 두려움이 너로부터 떨어져 나갈 거야. 그것은 이제 아무런 의미도 없고, 힘을 잃어버렸어. 두려움은 당신 안에 커져 있는 빛 속으로, 달빛이 빛나는 밤 속으로 파묻혀 버렸어. 별, 달, 당신 안의 빛이 빛날 수 있는 것은 밤이 있기 때문이지. 어둠이 있기 때문이지. 너는 이제 밤을 사랑하기 시작할 거야. 그리고 너는 편안함과 따뜻함을 선물하는 밤, 은밀하고 거룩하고, 성스럽고, 거룩한 밤을 체험할 거야.

나는 지난 몇 달 동안 사랑하는 독자 여러분이 읽은 이 일기를 기록했습니다. 일기에 적은 시간, 나날을 내가 어떤 식으로든 기억하지 않고 그냥 흘러 보낸 날들은 거의 단 하루도 없습니다. 또한 그 이후로도 내 안에서 무엇인가가 활발히 움직이고 있고, 지금까지도 그렇다는 것을 끊임없이 느끼고 있습니다. 그러면서 나는 내 내면의 깊은 바닥을 나의 인생을 받쳐 주는 토대로서 점점 더 많이 체험하고 있습니다.

완전히 다른 상황에서 기도하면서 나는 내 안의 나에게 말합니다. "하느님, 당신은 내 삶의 근원이십니다. 당신은 깊은 비밀로서 내 안에 살고 있습니다." 나는 정기적으로 한 그룹과 명상을 하러 갑니다. 아침마다 나는 지난밤 꿈의 내용을 적어 보며 나의 근원과 만나려고 노력합니다. 그런 다음 나는 예를 들어 토마스 머튼의 글과 같은 인용구절들로 나를 강하게 만듭니다. 혹은 오래 전에 한 친구가 내게 그려 준 성화에 잠시 눈길을 주기도 합니다. 이렇게 성화를 잠시 바라보면서 예수님과 내가 연결되어 있다는 사실을 다

시 느끼게 됩니다. 점심때는 시간이 허락하는 한 정오기도
에 참석합니다. 예배 중간에 부르는 부드러운 노래를 함께
부를 때, 나는 나의 근원이신 하느님과 밀접히 결합되어 있
음을 느낍니다. 나의 가장 깊은 곳에서 나온 하느님을 향한
갈망을 이렇게 표현할 수 있습니다. "내 마음을 당신의 계율
쪽으로 기울게 하소서. 당신의 계율을, 오 주님, 나는 따르
기를 원합니다. 나는 당신의 말에 귀 기울이고 있습니다. 당
신이 내리는 지시는 나를 기쁘게 합니다."[66]

이때 나는 두 눈을 감고 나를 전적으로 나의 근원이신 하
느님에게 맡깁니다. 저녁에, 방의 불을 *끄기* 전에 나는 내게
부처의 본성을 상기시켜 주는 작은 불상을 만져봅니다.

지난 2년 동안의 경험을 통해 나는 새롭게, 아니 어쩌면
내 생애에 처음일지도 모르지만 불교에 입문할 수 있었습니
다. 나는 불교에서 지금까지 내가 나의 신앙에서 갈구하던
많은 것을 발견하고 있습니다. 나는 불교의 자극을 받아 내
기독교 신앙이 풍요로워지고 있음과 나와 내 삶을 위해 중
요한 일이 일어날 수 있음을 느낍니다. 내 안에 있는 부처의
본성을 기억하는 것은 무엇보다도 현재와 영원이 만나는 내

안의 심층, 나의 근원을 기억하는 것과 같습니다. 그러면서 나는 내가 나의 근원에 의지할 수 있고, 그 근원은 나의 일상과 순간의 삶에서 영원으로 가는 연결 다리임을 깨닫습니다. 나의 근원을 그렇게 체험할 기회를 얻었다는 것에 대해 나는 크게 감사하며 더할 나위 없는 기쁨을 조용히 느낍니다. 그러나 나는 그곳으로 가는 길이 험난하고 가끔은 끔찍할 정도로 무섭고 견딜 수 없을 정도라는 사실을 잊지 않고 있습니다. 그러나 이 모든 것에도 불구하고 이 길은 갈만합니다.

이 길이야말로 하느님을 심층에서 경험할 수 있도록 합니다. 나는 그런 경험을 지금까지 결코 하지 못했습니다. "이해된 하느님은 하느님이 아니다."라고 신비주의자 테르스테겐은 말합니다. 내가 바닥으로 내려갈 때, 내가 내 영혼의 밑바닥으로 내려갈 때 나는 하느님을 체험합니다.

나는 얼마 전에 몇 개의 학위를 훈장처럼 달고 있는 한 남자를 만난 적이 있습니다. 그는 특히 니체와 헤라클레이토스를 깊게 연구했던 매력적인 남자입니다. 나는 그의 말을 거의 듣기만 했습니다. 그의 지식에 완전히 압도당한 듯한 느낌이었습니다. 내가 말을 한 순간은 몇 번 되지 않았습니다. 그중 한번 나는 나에게는 체험이 중요하고, 또 결정적이라고 말했습니다. 그러자 그 남자는 누구나 자신의 체험의 배경도 연구해 봐야 한다고 말했는데, 나 또한 그와 같은 생각이었습니다. 그는 신학자들이 결국 니체처럼 신을 비판하는 사람들의 회의를 허용하거나 참지 못하고 있고, 극복하지 못하고 있다고 비난했습니다. 나는 그 사람에게 스스로 정녕 그렇게 했는지 물어보고 싶은 마음이었습니다. 그와 마주 앉아 존재의 근원, 아니 영혼의 심연과 자신의 근원으로 내려간다는 의미에 대해 이야기를 나누는 것은 무의미한 듯했습니다. 그런 이야기가 그 사람에게 어떤 반향도 일으키지 못하리라는 생각이 나에게 점점 더 뚜렷해졌습니다.

나는 대화 하는 상대를 있는 그대로 받아들이는 것이 중요하다고 생각합니다. 나는 그 사람에게 존경의 마음을 가지고 있습니다. 하지만 동시에 나의 체험을 소중히 여기는 것도 중요하다고 생각합니다. 나는 '존재의 근원', '영혼의 밑바닥', '근원으로 내려가기' 등과 깊은 체험을 서로 결합시킵니다. 나는 내 대화 상대자보다 더 낫지는 않지만 그렇다고 더 못하지도 않습니다. 나는 어두운 밤, 즉 하느님에게 버림받았다는 느낌을 참고 견뎌야 한다는 것이 무슨 의미인지 알고 있고, 또 체험했습니다. 나는 이런 체험을 그냥 옆으로 밀쳐 둘 수가 없습니다. 나에게 그것은 하나의 진리입니다. 또한 나는 어두움이 물러가며 하느님이 새벽노을로 내 안에 차고 올라오신다는 것이 어떤 의미인지 체험했습니다. 이것은 내 인생에서 가장 아프고, 가장 아름다운 체험입니다. 하느님에 대한 어떤 지식보다 값지고 더 중요한 체험들입니다. 그런 체험은 나와 내 인생을 결정적으로 형성했고, 앞으로 여전히 그럴 것입니다. 그런 체험은 내 안 한가운데서, 한가운데로 영향을 미치고 있습니다. 내가 어찌 이런 체험들을 신뢰하지 않을 수 있겠습니까.

1) 나비 웃음소리를 듣는 사람 : 〈노발리스〉 그룹의 LP 중에 「노발리스(Brain 1070/Metronom)」에 있는 노래. 1974년. 카를로스 카르게스 작사, 〈루츠〉란 음악의 일절과 마지막 절.

2) 『마이스터의 길』, 에르민이 될 신부가 원전에서 정선하여 부분적으로 새롭게 옮긴 작품. 명상의 집 성 프란치스쿠스, 디트푸르트 1984, 170쪽.

3) 칼 구스타프 융 『인간과 그 상징들』 취리히 1968, 7쪽.

4) 『마이스터의 길』 265쪽.

5) 떼이야르 드 샤르뎅 『신의 주변』 「내 명의 삶의 에세이」 뒤셀도르프 2000, 71쪽.

6) 로마노 구아르디니 『명상의 공간』 마인츠 1980, 13쪽.

7) 빅토르 폰 겝자텔 『심리치료의 위기』 「심리학 및 심리치료 연감 1」 뷔르츠부르크 1952.

8) 아이리스 머독 『헨리와 카토』 런던 1987, 「헨리 뉘벤의 밤은 새벽의 빛을 잉태하고 있습니다」에서 인용. 프라이부르크 제4

판 1999, 267쪽.

9) 『마이스터의 길』 100쪽.

10) 『마이스터의 길』 265쪽.

11) 『마이스터의 길』 70쪽.

12) 『마이스터의 길』 25쪽.

13) 요한네스 폼 크로이츠의 서문에 있는 한스 우르스 폰 발타자르의 번역. 『어두운 밤과 시』 아인지델른 출판사, 프라이부르크 4판 1992년, 9쪽.

14) 라이너 마리아 릴케의 『젊은 시인에게 보내는 편지』 라이프치히 1929, 19쪽.

15) 『어두운 밤』 165쪽.

16) 『베네딕트 정오 성무일과의 성가집』 2권. 피어 튀르머 출판사, 뮌스터쉬바르츠아흐 1996, 73쪽.

17) 『어두운 밤과 시』 165쪽.

18) 『엘 그레코 앞에서의 변명』 완본 3판, 베를린 1995.

19) 한스 옐로우쉐크 『영적 체험으로서의 위기』. 슈투트가르트의 개신교 성인교육센터 호스피탈 호프에서 행한 강연.

20) 헨리 데이비드 소로우 『일기 1837-1861』 수잔네 사우프 편

집, 윌데 1996, 127쪽.

21) 한스 옐로우쉐크 같은 글.

22) 『마이스터의 길』 166쪽.

23) 피에르 슈투츠 『당신은 저에게 자리를 마련해 주셨습니다』
시편 기도, 뮌헨 1996, 35쪽.

24) 피에르 슈투츠 『일상에서 만난 하늘 한 조각』 프라이부르
크 4판 2001, 22쪽.

25) 피에르 슈투츠, 안드레아스 벤야민 킬허 공저 『알 수 없는
것에 사로잡혀』「신비적 삶의 경험」 루체른, 슈투츠가르트
1993, 50쪽.

26) 한스 옐로우쉐크 같은 글.

27) 『마이스터의 길』 225쪽.

28) 한스 옐로우쉐크 같은 글.

29) 헨리 데이비드 소로우 같은 책 147쪽.

30) 『마이스터의 길』 22쪽.

31) 헨리 M. 뉘벤 『사랑의 내면의 목소리』「불안의 심연으로부
터 새로운 신뢰로」 프라이부르크 17판, 2001, 119쪽.

32) 엘리자베스 퀴블러 로스 『감추어진 영혼의 선물』. 리차드

칼슨과 벤야민 쉴트 공저 『영혼 가이드북』 보스톤 1996, 132쪽,
분니발트 뮐러의 번역에서 인용.

33) 릴케, 같은 책 43쪽.

34) 피에르 슈투츠 『일상에서 만난 하늘 한 조각』 20쪽.

35) 헨리 M. 뉘벤 『밤은 새벽의 빛을 잉태하고 있습니다』

36) 피에르 슈투츠 『사랑의 내면의 목소리』 27쪽.

37) 요한네스 타울러 『설교』 프라이부르크 1961.

38) 『어두운 밤과 시』 185쪽.

39) 『어두운 밤과 시』 185쪽.

40) 헤르만 헷세 『내면으로 가는 길』 주어캄프 출판사, 프랑크
푸르트 1973, 54쪽.

41) 릴케 같은 책 43쪽.

42) 발터 슈바르트 『종교와 에로스』 뮌헨 1989, 17쪽.

43) 조이스 럽 『사랑하는 그대, 집으로 돌아오라』 뉴욕 1996,
140쪽. 분니발트 뮐러 번역.

44) 로마노 구아르디니 『우울함의 의미에 대하여』 마인츠
1999, 24쪽.

45) 노발리스 『사랑에 대하여』 개르하르트 슐츠 선집, 프랑크

푸르트 a. M. 2001, 146쪽.

46) 헨리 데이비드 소로우 같은 책 155쪽.

47) 『마이스터의 길』 167쪽.

48) 헨리 데이비드 소로우 같은 책 253쪽.

49) 『마이스터의 길』 182쪽.

50) 『마이스터의 길』 179쪽.

51) 피에르 슈투츠 1993, 49쪽.

52) 루돌프 오토 『성스러운 것』 슈투트가르트 1942, 31쪽.

53) 『어두운 밤』 173쪽.

54) 피에르 슈투츠 『일상에서 만난 하늘 한 조각』 173쪽.

55) 피에르 슈투츠 『칠흑의 밤을 비추는 빛』 「알려진 신비주의자 들에게 보내는 네 통의 편지」 뮌스터쉬바르츠아흐 2판 2001, 104쪽.

56) 한네롤레 쿠르트-길젠바흐 『나비』 43권. 뉘른베르크 1994, 21쪽.

57) 위의 책 39쪽.

58) 잉그리트 리델 『변화의 천사』 프라이부르크 5판 2002, 101쪽.

59) 파울 첼란 『심연으로 내려가기에 대해』 두 권의 시집 제1권, 주르캄프 출판사, 10판, 프랑크푸르트 a. M. 1991, 212쪽.

60) 『바이에른 개신교 찬송가』 바이에른 개신교 출판협회 편집, 뮌헨 1999, 488쪽.

61) 헷세 같은 책 196쪽.

62) 피에르 슈투츠 『일상의 의식』 「내면의 원천으로 가는 길」 뮌헨 1999, 15쪽.

63) 엘리자베스 퀴블러 로스 『모든 끝은 언제나 빛나는 시작입니다』 고트프리트 지벨 출판, 노이비트.

64) 피에르 슈투츠 『일상에서 만난 하늘 한 조각』 103쪽.

65) 헷세 같은 책 158쪽.

66) 베네딕트 성가집 2권, 96쪽.

나비의 웃음소리가 들리시나요?

초판 1쇄 인쇄일 | 2005년 3월 28일
초판 1쇄 발행일 | 2005년 3월 31일

지은이 | 분니발트 뮐러
옮긴이 | 이민수
펴낸이 | 이숙경
편 집 | 박희영

펴낸곳   이가서
주소   서울시 마포구 서교동 370-15 1F
전화 · 팩스   02-336-3502~3   02-336-3009
홈페이지   www.leegaseo.com
등록번호   제10-2539호

ISBN   89-5864-093-6 03850

가격은 뒤표지에 있습니다. 잘못된 책은 바꾸어 드립니다.

지은이 **분니발트 뮐러**

1950년생인 분니발트 뮐러는 뮌스터쉬바츠아흐에 소재한 치료영성센터 Recollectio 집의 소장이다. 영성, 삶의 지혜, 심리학에 관한 많은 책을 집필했고, 대중적인 성공도 거두었다.

저서로는 『키스는 기도입니다』, 『행복은 영혼의 나지막한 노래입니다』, 『사랑에 빠지십시오』, 『사랑과 독신』 등이 있다.

옮긴이 **이민수**

서강대학교 대학원 독어독문학과에서 독문학 박사학위를 받았다.

서강대학교, 한국 항공대학교, 건국대학교에서 강의.

『괴테와 은행나무』, 『역사의 비밀 1, 2』, 『과학 혁명의 지배자』, 『여행의 역사』, 『세계를 바꾼 운명의 그날들』 등의 역서가 있다.

저서로는 『미네르바의 메아리』(시집), 『낭만과 전설이 숨 쉬는 독일기행』(세계인문기행) 등이 있다.

표지디자인 | 이현정(violette_hc@hotmail.com)